LOCUS

LOCUS

to

fiction

to 26 飛過星空的聲音

La testa fra le nuvole

作者：蘇珊娜・塔瑪洛(Susanna Tamaro)

譯者：倪安宇

責任編輯：林毓瑜

美術編輯：謝富智

法律顧問：全理法律事務所董安丹律師

出版者：大塊文化出版股份有限公司

台北市105南京東路四段25號11樓

www.locuspublishing.com

讀者服務專線：0800-006689

TEL：(02)87123898　FAX：(02)87123897

郵撥帳號：18955675　戶名：大塊文化出版股份有限公司

總經銷：大和書報圖書股份有限公司　地址：台北縣五股工業區五工五路2號

TEL：(02)89902588 89902568　FAX：(02)29901658 29901628

排版：天翼電腦排版印刷股份有限公司　製版：源耕印刷事業有限公司

初版一刷：2004年4月

定價：新台幣200元

Printed in Taiwan

La testa fra le nuvole
飛過星空的聲音

Susanna Tamaro 著
倪安宇 譯

前言

《飛過星空的聲音》是我一九八五年寫的，我二十八歲。很多人以爲那是我第一本書，事實並非如此。我的第一本書是二十三歲的時候寫的，在那之後還寫了三本。那三本有兩本在我寫完、看完之後就丟到垃圾桶裡了。

所以說，《飛過星空的聲音》是我第五本書，但是我第一本發表的書。

原來的書名不是這樣的。最原始的書名是《電動躺椅》，比後來問世的版本多了一百多頁。是我所有的作品中最奇怪，也最難歸類的。四不像，介在童書和成人書之間。說了一大堆沒頭沒腦的故事，而在這些故事中又藏有大哉問。就風格來說是誇大的、悲喜交集的、嘲諷的、冷酷的，跟我其他作品不同的還有，我在句子裡玩了一些聲音效果。

很多的天馬行空，因爲接踵而至的超現實人物營造出的天馬行空。

跟我其他作品截然不同。

我偏好簡單，偏好冰冷，偏好細節的精準。我的本性傾向於刪，而非增。

我認爲，每一個作家都有他自己的風格，就像每一個歌手都有自己的聲音。自己的風格有點像指紋，是獨一無二的。不管碰到什麼東西，都會留下指紋。但是如果我戴上手套，那就不一樣了。留下的會是手套的痕跡，是織成手套的纖維或布料的痕跡。

手套，是寫作時決定套用的風格。

之所以會套用某種風格的原因不一而足。因爲好玩、因爲無聊、想譁眾取寵、想贏得掌聲、刻意獨樹一格掩飾自己的平庸、爲了要說一個非那樣說不可的故事，或只是爲了實驗精神。

我寫《飛過星空的聲音》，是在一次外科手術後被迫靜養的那段時間。我以爲只要躺上兩個星期就好，沒想到一躺就好幾個月。

以我的個性來說，不能動是最難以忍受的折磨。一個小時，一個半小時是我忍耐的極限，時間一過，我的腿就開始蠢蠢欲動，我會像下雨天關在家裡的狗那樣吐大氣。那

種不快樂與時遽增，到最後我完全沒辦法集中精神。

所以我從來不參加研討會，大部分的電影我也沒辦法看，要不然我只能看上半場。總而言之，我動就快樂，不動就開始煩躁不安。

不難想像一整個夏天都不能動會發生什麼事！我變得很神經質，天氣又熱，晚上無法入睡。看書看多了也不行，會覺得噁心想吐，就跟吃太多甜食的感覺一樣。我想騎自行車，想游泳，想散步，滿腦子都是這些，無聊到眞的快要崩潰了。就這樣，最後我想到唯一可以打發時間的就是再來寫一本書。我是想讓時間過得快一點，有事可做，還有就是把我那段時間的一些想法整理出來。

《飛過星空的聲音》就是這麼來的，部分手寫，部分是用一台老爺打字機打的，稿紙丟得床上地上都是，只是爲了好玩跟自娛。

正常工作的時候，我都遵守固定的工作時間，上午下午，像上班族，但那一次我的作息很反常，睡兩個小時寫兩個小時，白天如此晚上也如此。或許正因爲這樣，所以書中有很多超現實的情節。

寫著寫著，我常常自己就笑了起來，不得動彈反而讓我有源源不斷的文字與靈感。寫完一個，又想到五個。盧本霉運連連的遭遇讓我發噱，稿紙一張接一張放進桌上的文件夾裡，時光飛逝，我幾乎完全忘記自己不能動這件事，等到我終於又可以起身走路的時候，都不知道究竟過了多久。

我完成的是一本奇怪的書，跟我到那時候為止的作品很不一樣。我對這樣一本書有信心。不知道為什麼，我相信這本書一定會找到出版社出版，只是時間問題。我有另外兩本書吃了出版社的閉門羹，連上訴的機會都沒有，但我能理解原因，那兩個作品太嚴肅，太晦暗，太無情。根據編輯的說法，才沒有人會想看那樣的東西。但這一本不一樣。充滿幻想，充滿戲謔。有誰會不喜歡瑪姬——糕餅師傅的太太？有誰能抵擋考古飛行員的魅力？恨不得也能跟他一起去尋找注定失落的第一句話語。我很樂觀。

只是我的樂觀為時甚短。漫長的等待後，《飛過星空的聲音》也同樣被拒於門外，而且是當著你的面把大門關上，完全不留情面。

那是第一次，從我開始寫作以來，第一次覺得灰心喪志。

我心裡開始想，我的志向並非眞正的志向，只是一時迷惑。原因不明，可能是跟神

經衰弱有關，我自以爲有寫作天份。一時迷惑，迷惑了快十年，現在夢醒了。是捷徑，對，沒錯，是逃避責任的捷徑。「放棄吧。」他們這麼說，我決定了，放棄。《電動躺椅》將是我最後一本書，我再也不要浪費我的力氣跟時間去寫一些沒有價值的小說了。

於是我開始規劃新的人生。那是競爭激烈的八〇年代，我覺得自己跟我應該努力的方向完全格格不入。我沒有事業心，厭惡任何形式的權力與權力鬥爭，對物質方面的事情完全不感興趣，也對謀得一份職位的種種手段無知到近乎白痴。

我參加過國家考試，希望能抱得傳說中的鐵飯碗，結果鎩羽而返。我知道再繼續那樣下去，我慢慢的也會隨波逐流，那幾年就那樣過去了，我一事無成，也沒有人對我伸出援手。生活越來越辛苦。遲早有一天會過不下去。

於是我決定解決手邊的事情，我要離開，靠著我僅有的文憑還可以去小學教書，在世界某個角落裡，我總可以找到一個地方教小孩子看書算算術的吧。過著簡單、平淡，但是有尊嚴的日子，遠離塵囂，在這裡我永遠也找不到屬於我的位子。

下定決心之後，我突然覺得心裡很平靜。一扇門關了，就要去找另一扇窗。說起來其實也不難。

只是，顯然平靜跟我沒什麼緣分！

就在我準備放棄的時候，我一個在特里也斯特❶的一個朋友，是我以前電台的同事，建議我把書寄給齊薩雷・德・米開利斯❷。

馬西利歐出版社❸爲新生代作家新闢了一個系列叢書，而且已經出了幾本，爲什麼不試試？說不定這回找對了。

果不其然。在我心裡，那只是舊生活結束前的最後一個手勢，向所有那些徒勞無功的日子揮手告別罷了，完全沒想到那一天會是我人生的分水嶺，我是說，跟我想像的完全不一樣。

❶Trieste，義大利東北方港口城市，與前南斯拉夫交界。

❷Cesare de Michelis，義大利帕度瓦（Padova）大學義大利語文學系教授，知名學者，自一九六九年起擔任馬西利歐（Marsilio）出版社社長，開闢文學叢書系列，發掘了許多新銳作家。

❸Marsilio Editori S.P.A.，一九六一年二月二十三日成立於威尼斯，取其名是爲紀念十四世紀哲學家馬西利歐・達・帕多瓦（Marsilio da Padova）。最初出版方向以建築、心理、哲學、電影爲主，德・米開利斯擔任社長後，開闢文學系列。

齊薩雷很喜歡我的書，出版後評價很好，也獲得重要的文學獎項肯定，而我以爲的一時迷惑又再度恢復身分，成爲我的志向。

《飛過星空的聲音》之後，我脫下了手套，回歸我原本的樸素。文字遊戲跟天馬行空是過渡階段，我完全無意繼續下去。

寫童書的時候我會玩文字遊戲，會天馬行空，我不否認，也不覺得矛盾，那是我個性中很重要的部分，或許有一天等我夠老，會再以這樣的手法揮別成人世界。但現在不會，我也沒有那股欲望。

我對譁眾取寵沒興趣，我想要的驚艷是不一樣的。

從某個角度來說，《飛過星空的聲音》有點像是我告別文學的最後作品，某種定義的文學。要解釋清楚，我得回到更早之前，我二十歲左右，那時候因爲受到一個朋友的影響，我愛上了看書。

我小時候並不喜歡看書，學校規定要看的書讓我痛苦萬分。我只對兩件事感興趣，而這兩件事南轅北轍，分別是運動，還有自然科學。我那時候——現在也是——對日期、

姓名、植物跟昆蟲類別的記憶力好得嚇人。我記得最後四屆奧運雪車冠軍的名字，還包括這些選手住在哪裡跟他們父母親的姓名。我還記得所有礦物學、鳥類學的完整系譜，還有全世界所有狗的種類。關於我的未來，我希望能以國家代表隊成員身分至少參加一次奧運，要不然就是當狗教練。

我喜歡看的書，都是我感興趣的知識領域的資訊類書，手冊、百科全書之類的。其他的書，我都覺得是浪費時間。

帶領我進入小說世界的朋友，年紀比我稍長，他是南美人，筆耕好些年了。我們講話可以講上好幾個小時，講到兩個人都神智不清爲止。在那熱情洋溢的對話中，我還記得，我突然意識到某樣很美好的東西。到現在那些畫面還歷歷在目。

那是深夜，路上空無一人，我們在等公車回家。刮著北風，很冷，我們手肘頂著一輛汽車的側面講話。

我突然意識到那些平常交談的話語，也可以像刀刃一樣鋒利，像石頭一樣沉重，像光束一樣明亮。總之，話語也可以如此貼近那難以表達的種種，就像引航船帶著大船入港那樣，簇擁著它，陪在它身邊。

有十年的時間我完全陶醉在文學中，我坐公車的時候看書，在公園、圖書館，在郵局跟超市排隊的時候我都在看書。我什麼都看，到社區圖書館憑書名或封面決定借什麼書，端看什麼最能引起我的好奇心。

那些年是我十分美好的回憶，埋首書堆任憑時光流逝。今天我在彼得堡，下個禮拜在日本，在星星王子的宮殿，看完皇宮的金碧輝煌，待會又加入巴黎起義的行列，就這樣看完一個又一個國度，認識一個又一個人物、故事與命運，我滿心歡喜。這股熱忱一直持續到我三十歲，就是寫《飛過星空的聲音》的時候。

《飛過星空的聲音》是我對文學，以及對夢和幻想的禮讚，也是對影響我至深至遠的中歐文學的禮讚。卡夫卡、赫拉巴爾❹，布魯諾・舒茲❺以及以撒・辛格❻是我最欣賞的作家，也是文化養成和基因遺傳與我最接近的作家。盧本其實是《美國》一書中的

❹Bohumil Hrabal，捷克作家，一九一四—一九九七年，作品大多描寫普通、平凡、默默無聞的小人物，有《我曾侍候過英國國王》（大塊文化，二〇〇三）及《過於喧囂的孤獨》（大塊文化，二〇〇二）。

❺Bruno Schulz，波蘭作家，一八九二—一九四二年，作品多自傳色彩。

卡爾·羅斯曼的孫子，是《我曾侍候過英國國王》主角的表弟。心不在焉，不按牌理出牌，是在對生命荒謬無所感的成人世界中，倉皇不知所措的史萊默❼。

盧本也是我個性的一部分，只是隨著生活歷練我學會了掩飾，但他其實一直都在，所以我下車永遠會下錯邊，信心滿滿地把廁所門誤認爲是火車車門大力拉開，在重要的晚宴上，錯把侍者當主人跟他親切地聊天。盧本就是我的不合時宜，我的無能，我就是沒辦法把這個世界看做是可以挖掘實用物質的地方。

把盧本留在翱翔海上的飛機裡，我回到我自己的話語，我那重如石頭、疾如長矛、亮如火炬的話語。我拋開了文學——不是字面上所指的文學，我指的是裝飾存在的蕾絲花邊——我投入了人生。

❻Issac Bashevis Singer，猶太裔波蘭作家，一九〇四—一九九一年，以意第緒語寫作，一九七八年得諾貝爾文學獎。

❼Schlemihl，德國詩人A. Von Chamisso（一七八一—一八三八）小說《彼得·史萊默的奇幻世界》書中主角，因爲把自己的影子典當給一個灰衣男子，變得跟週遭世界格格不入，最後因爲他對大自然跟科學的熱愛，才找回了自己。

像鑽子，像短劍，像繩索，一切都是爲了捕捉獵物，我又回歸本色，探險家、獵人、地理學家的本色，不喜歡夾纏不清，不喜歡身陷迷霧，我知道那個謎藏在每一個人心中。要找的就是這個謎，在每一個庸庸碌碌的日子中尋覓。

大家都以爲平庸好寫，與眾不同難寫，其實不然。要寫日復一日的平淡無奇，寫出味道，並非易事。

要做到這點，必須要有承受痛苦的能力。生之痛，殘缺之痛，混亂之痛，迷失之痛，遍尋不著之痛。

所以我放棄了文學的隱喻飛翔，決定回到底面，探尋那「跟地球一樣半明半暗」的人心。

《只是聲音》、《依隨你心》、《精神世界》說的就是這個，明與暗，陰影如何佔據了光明的空間，而光明又如何步步將陰暗逼退。

那幾本書我寫得好累，有「技術」上的累，心裡累，身體也累，累在簡潔，累在煎熬，累在下沉，不斷下沉，沉到沒有錨，沒有光，沒有依靠的地方。

那幾本書每一本都讓我死過一回，然後重生。有一次我在超市遇到一個老太太，她

剛看完《精神世界》。我們挑蕃茄罐頭的時候，她跟我說：「您怎麼能夠承受那麼多的痛？我光看都覺得無法忍受！」

我很感謝那位素昧平生的太太，感謝，因爲她發現了一件極爲重要的事，那就是當書寫不是爲了消遣而是爲了眞理，必須付出昂貴的代價。這個代價隨著時間，慢慢變成貨眞價實的耗弱。

路越來越窄，越來越陡，越來越崎嶇不平，已經不能回頭，卻又沒什麼力氣繼續前進。心好累，思緒越來越難集中，大家偏偏又蠻不講理地問你：「下一本什麼時候開始？要寫什麼？」彷彿寫作跟旅行一樣，有既定的目標，可以事先買好車票。

我從來都不知道什麼時候會寫，會不會寫，甚至寫什麼！如果知道那就太無趣了，而無趣是寫作的頭號敵人。對寫作的人而言是如此，對看書的人而言也是如此。我知道自己越來越覺得累，越來越覺得寫作辛苦。我也知道寫作不是爲了渲洩情緒，更不是爲了炫耀，而是走上一條漫長而且危險重重的眞理之路。

寫作是一種天賦，是一個謎，寫作也是爲了把這天賦和謎跟他人分享。走著走著，所有無謂的東西都被拋諸腦後。剛開始或許有些擔心，可是越往前走，擔心漸漸變成近

乎愉悅的輕快。

重如石頭的話語，利如刀刃的話語，亮如火炬的話語。

寫作是啓蒙。

有一條看不見但堅韌的線，串聯我所有的書。每一個主角都帶有前一本書主角的影子，但又再向前邁了一步。

「或許，在時間之初，」盧本在《飛過星空的聲音》裡面說：「在太初之初的那個寧靜的夜晚，在自發的狀態下，有了第一句話語，所有水手，所有旅人，所有那些停下腳步對天空冥想片刻的人都會發瘋，除了他們，還有所有那些探尋到最後，發現每一個揭開的謎的背後都還有另外一個謎待解的人也會發瘋，對，那會是一個瘋狂的世界，如果在那一刻意識到沒有任何意義，同時又釐清了其實可以有感情，而且那才是地心的聲音，讓人在那短暫的一刻睜著好奇認真的眼睛遊走其中。」

《只是聲音》的老太太跟年輕的訪客是這麼說的：「臨睡前我想到了約拿[8]，對，我想到了他，那個違背上帝旨意的先知。將他吞噬的魔王也吞噬了我。我一出生就在那裡了，在星星點點的浮游生物中飄蕩沉浮。他在深淵中遊走，而我則在裡面漂流，驚險

而盲目……。我在那裡咒罵、掙扎……。我太專心了，沒有發現到魔王不時會張開嘴巴，會浮到海面張嘴吃魚。他吃魚也吃空氣，所以光線乘虛而入，照亮了喉嚨，照亮了氣管，照亮了食道。如果我多留意，如果我看到，那光也會照到我。」

《依隨你心》中的老祖母歐葛也同樣慢慢在趨近光。

「天國在你們心中，妳記得嗎？當我住在拉奎拉，是一個悶悶不樂的新娘時，這句話就讓我印象深刻。那個時候，閉上眼睛，在內心遊走時我什麼都看不見。遇見湯瑪斯神父後，某些東西改變了，我還是什麼都看不見，但不再暗無天日，在黑暗盡頭開始透出微光，偶爾，有須臾片刻我會忘記我自己。那道光那麼小，那麼弱，初生的火苗，只要一吹氣就可以將之熄滅。不過它的存在帶給我異樣的輕快，我感受到的不是快樂而是喜悅。不是幸福，不是興奮，我也不覺得自己比較有智慧，高人一等。在我心裡增長的

❽聖經舊約故事的〈約拿書〉中描述上帝傳話先知約拿，讓他去東方的尼尼微大城警告大家若不懺悔信仰，上帝將在四十天後將之毀滅，但約拿卻搭上開往西方塔爾史士的船，企圖逃避上帝命令。航程中風浪大作，約拿知道是上帝對他的懲罰，遂叫同伴將他丟入海中以息天怒，而上帝便安排一條大魚將約拿吞入腹中三天三夜，直到約拿感悟祈禱，始讓他重回陸地。

只是心平氣和對自己存在的認知。

「在草地上即是草地，在櫟樹下即是櫟樹，在人群中即是人。」

《精神世界》裡的華特在結束痛苦的追尋後，發現自己必須面對新的視野。那是在他跟伊蕾內修女漫長的對話進入尾聲之際：「她所說關於喜悅差異性的話，那幾個月一直困擾著我。我學會了清早起床，而每次醒來往往都能感受到一種全新的感覺。我覺得輕快。沒有什麼特別的理由或動機，即便最微不足道的事情也能讓我微笑，在我眼裡除了驚喜，就再也看不到別的。彷彿部分的我漸漸開始膨脹，用不同的方式呼吸。我常常想到伊蕾內修女說的那讓光透過的小洞。

「一天早晨，我跪在菜園的地上栽種包心菜，突然開口問她：『恩寵是喜悅嗎？』

「疲倦的她沒有回答我，只眨了眨眼睛表示我說的沒錯。

「我傻傻地追問：『爲什麼？』

「她緩緩舉起手臂，目光也隨著自己的手臂上揚，我們頭上有一株結實纍纍的栗樹，再高處是明亮天空全然的寂靜。」

蘇珊娜・塔瑪洛

歐維耶托（Orvieto），一九九九年七月

給恩利克

1

誰會相信？鬼才相信，眞的，我自己更覺得難以置信。可是鏡子裡面確確實實是我的眼睛，我那亂糟糟的紅髮，我滿是雀斑的臉頰，眞的是我，如假包換的我，關在火車上的廁所裡。

火車活像隻大蜥蜴，背部黯淡無奇，身體兩側則閃閃發亮，而我從火車昂首離開月台，駛過一片光禿禿的田地開始，就在那裡了，在溼答答、坑坑洞洞的地板和有機廢物之間尋找立足處。我站在洗手檯前面，不時掐掐自己的大腿或臉頰，好讓自己相信我眞的是在火車廁所裡，而不是在家中溫暖的被褥裡做大夢。

老實說，我會窩在那個奇怪的地方不是因爲特殊癖好，或腸子蠕動緩慢便秘使然，

而是因爲所有警察都在搜尋我的行蹤。也就是說，我在逃亡，這就是故事最讓人難以置信的地方，這也是爲什麼我看著鏡中的自己，第一次感到如此困惑，不知所措。

我既不是那種有大無畏精神，認爲只要自己手指一揚，就能讓宇宙萬物歸位的自大人物，也沒有視榮譽爲第二生命的自許，我之所以會覺得困惑，純粹是因爲從我哇哇落地以來，就立志要平靜過一生，平平靜靜。所以這十五年來，我對人對事無不戒慎恐懼，萬分小心，從來不敢輕舉妄動。

當然，老實說，我也不是一開始就這樣的。爲了知道自己在哪裡，發生了什麼事，我生平第一次睜開眼睛，而就在我眼睛骨碌碌繞著房間轉的瞬間，發生了一件丟臉的事，眞的很丟臉。從我的喉嚨發出了一聲野性的嘶吼。

我也不知道自己爲什麼要尖叫，但我知道就在我嘴巴張開開的同時，全身突然一陣顫抖，我立刻意識到顫抖不是因爲冷，是因爲羞愧。羞愧的是在九個月沉默、平靜的日子後，我莫名其妙失態了，忘我地大吼大叫，就像在曬穀場上被獵人追殺的小野豬。

沒錯，正因爲這個舉措並非出於自願，所以我覺得好羞愧，羞愧到除了全身顫抖外，還一下子全身發紫，活像熟透的茄子。不過稍一回神，我馬上意會到場面十分可笑，小

拳頭在太陽穴附近揮舞，我開始思索，我為什麼要突然鬼吼鬼叫。

我最先問的是自己是不是肚子痛，還是有哪裡不舒服，叫人尷尬的是，我根本沒有半點不舒服，我再自問，臭鼬、松鼠出生的時候會不會像我這樣尖叫，還有烏龜、鱷魚在穿上牠們的甲殼時也會放聲哀嚎嗎，蝌蚪從卵孵化出來往河裡奔去的時候會比我叫得大聲嗎？

我才剛意識到全世界沒有哪一種生物來到世界的剎那會像我這麼丟人現眼，也就是說會鬼吼鬼叫，然後覺得萬般羞愧的只有我一個時，整個世界突然倒轉了過來，鼻涕從鼻子流到眼睛裡，害我幾乎什麼都看不見，於是我再次扯起喉嚨，像豬一樣放聲尖叫。

我被人抓著腳踝倒吊空中，彷彿插在魚槍上的魚，在大廳中展示，除了我的哭聲外，我還聽到清脆的笑聲，隔著鼻涕我隱約見到三、四個人拍著手，相視而笑。

我不懂他們為什麼會有那樣的反應，難道他們以為剛剛觀賞了舞台劇，或者看完了一部喜劇電影嗎？我不懂，也不想懂，就在那一刻，我跟自己約定，那是我第一次哭，也是最後一次，我這一生再也不會做出這麼欠考慮的舉措，如果未來我要走路，也要小心翼翼踮著腳尖走，如果未來要說話，也要像在醫院或墓園裡那樣，壓低了嗓門說話。

我在出生後第三秒就做成了這樣的決定。前後差不多只花了不到一秒的時候，因爲我確知要想避免類似的鬧劇再次上演，也就是說，有人沒來由嚎啕大哭的時候，其他人還在旁邊起鬨鼓掌這種情形，就得堅持過平靜的生活，平平靜靜。在不甚愉快的那天早晨之後的這幾年，我一直謹守我跟自己的這項約定。而我之所以能夠做到，一是因爲我的固執，還有更特別的是，在我還沒認識這個世界之前，我就成了孤兒，由於是孤兒，所以我從小就跟祖母住，還有我祖母的媽媽，也就是我的外曾祖母，一起住在一棟豪華別墅裡。

我出生的時候，她們倆個已經重聽又眼花。時光荏苒，後來她們根本就聽不見也看不見了。每次我走過旁邊，她們都以爲是什麼小動物闖了進來，便拍著手高聲喊說：「出去，出去！噓，噓！」我的存在對她們來說只是一團陰影，一個模糊的聲音，卻對我那幾年營造我的理想生活十分有益，我總是成日或仰或臥，躺在花園草地上。

那種生活我一點都不覺得辛苦，沒花什麼力氣，就連土地都與我的身體合而爲一。才第四天，在涼亭和椴樹之間的空地上就已經形成了一個完美的凹洞，早晨一醒來連眼睛都不用睜開，我就直接換躺到那屬於我的凹洞裡，肘靠著放肘的凹洞，脖子靠著放脖

子的緩坡，屁股和腳後跟也都有各自的歸屬。

我通常可以在那兒躺上一整天，要不是身體中央部位發出咕嚕嚕的聲音，我根本都不知道已經快到午飯或晚飯時間了。

於是我不慌不忙、有條不紊地從洞窟中起身，穿過黃楊木和海桐花，回到室內把自己餵飽。

那樣一成不變的日子裡唯一的變化，就是偶爾園丁會經過，要不就是天氣好的時候，我祖母她們在涼亭內扯起高亢單調的嗓子，把收到的訃聞大聲讀給對方聽。

炎夏，流星較多的夜晚，她們會邀請所有尚未蒙主寵召的朋友到花園來，漫漫沉默夾雜高分貝的零星對話，大家就這麼待在涼亭裡，直到黃昏餘暉被夜色淹沒。

我們家完整的家族史，當然，還包括我個人的命運，就是在這樣的聚會聊天中，我躺在我那美妙的凹洞裡一點一滴聽來的。

其實，家族史稱不上完整，因爲故事是從我外曾祖母的丈夫開始說起的。少年的他跟他弟弟帶著兩個皮箱從東邊的小鎮來到我們城裡，他弟弟帶著其中那個裝滿梳毛的箱子繼續往什麼都有可能發生的國度前進，也就是美國；而他則帶著那個裝滿肥皂和香膏

的箱子決定留下來，留在這海邊小城。

他打定了主意，就開始把自己帶來的肥皀給融掉，加入其它的成分之後再重鑄，結果沒多久他就發明了一種奇怪的液體，像膠，也像蠟，塗抹在船身上可以避免海藻跟寄生蟲附著。

自從那些肥皀被他融掉之後，我們家族就開始走運了，而且運氣好到不到十年的時間，全世界每一艘船都用了他發明的那個奇怪的膠。

但是，就跟植物在生長過程中會遇到嚴寒或土壤太酸的情況一樣，突然間，好運開始下墜，漸漸枯萎。

才一個春天，那多年來忠貞不二、保護船身不被海藻或寄生蟲附著的驅蟲劑，突然間不但不再發揮保護功能，反而還吸引了更多附著物，原因不明。

驅蟲劑變成了花蜜，第一批聞風而來的是綠藻跟帽貝，之後，消息在海中慢慢傳開，趕來湊熱鬧的還有貽貝、鯽、貓鯊、狼鱸、金鯛，總而言之，海魚跟腹足綱成群結隊而來，數量多到後來連船都因爲水面下船身過重開始顛簸，進而偏離航線。之所以會偏離航線是因爲成百上千的魚群先用它們的嘴吸住船身，再搖擺著它們的腹鰭、尾鰭和背鰭，

結果就把船帶往了它們要去的地方。

有的船原本要駛向熱帶，卻被帶往南極，捕鯨船帶著魚叉和破冰機卻跑到了加勒比海。在偶然機會下，有一艘船抵達港口後被拖上岸，謎底終於揭曉，眞相大白：那美味的驅蟲劑是所有偏航唯一的罪魁禍首。

當然，在極短的時間內，所有的遠洋船隻都被拖上岸送進船廠，刮去舊漆塗上新漆。不用說，我們家也隨即陷入貧困。

如果故事到此結束，確實挺傷感的。然而，在美國的外曾叔公伊薩克此時也一步一腳印地靠羊毛致富了，雖然發跡較晚，但他成功地創造了一個床墊床罩王國，由於他沒有成家，加上生性慷慨，便一肩挑起照顧留在歐洲的家人的責任。

是他，年事已高的他，負擔我跟祖母的一切開銷，除了生活上的照顧之外，還幫我把未來都規劃好了。那天晚上我才知道，由於我是他唯一的曾孫，在我出生當晚，他就立下遺囑，命我爲他的繼承人。

於是，在那流星點點的夜晚，我知道我的未來將是一條筆直的鄉間道路，在絢爛的艷陽照耀下，不費吹灰之力就可以走完全程。

就在得知那好消息後接下來的幾個月，我心中不再有半點憂愁。躺在凹洞中的我注意到一件奇怪的事，那就是所有東西，不管是重物還是輕如聲音，都無可避免地會由高而低向下墜落。

我在那個夏天之前並未特別留意到這個現象，根本完全不感興趣，一直到我發現墜落其實有兩種：一種是不發光體，在不算短的時間之後一定會落到地上，另一種是發光體，像星星，儘管不斷向下墜落卻從不落地。

剛開始，我還以爲是我自己眼花，可是夜復一夜，我望著蒼穹中的星星墜落，我意識到那不是我的視覺問題，而是那些彗星在墜落後確實消失於無形。

我就不信邪，我自問，難道沒有一條定律是一體適用的嗎？爲了一探究竟，我開始研究所有從高往低墜落的落體運動。

我躺在凹洞裡，眼睛跟著飄落的羽毛、葉子，掉落的橡樹果實、冰雹，滴落的雨水，還有提早被踢出家門的雛鳥短暫而殘忍的殞落，我記下它們墜落所花的時間、姿態，彼此的相似與相異。

幾個月之後，我得到了一個結論。我的結論是，除了星星之外，所有物體都迫不及

待想要儘快往下、往低處墜落，如此無怨無悔的堅持，其實跟它們固有的落體本質有關。

有了這樣的想法，爲確認此一定律是不容違背的，我開始趁著一大清早，花園空氣較稀薄新鮮的時候，把所有摸得到的東西往空中丟，包括泥土、石頭、樹枝、葉子，還有我的兩隻鞋子，也輪流被我拋向空中，我用盡全身力氣，連跑帶跳，兩個月之後，看著屢試不爽的墜落，我開始覺得無聊。

到那時候，我知道我如果想要得到具體答案，得孤注一擲，而最適合一擲的就是標槍。剛開始眞是慘不忍睹，連拋物線都沒看到，標槍就直直落入我面前的草叢中，如蛇一般橫躺不動。我不氣餒，在技巧上下工夫，像如何運用肌肉，手指頭要怎樣放開才能讓標槍飛高飛遠，還有腳的先後順序跟躍起，肩膀跟手臂的瞬間爆發力。

我每天練習，標槍的飛行軌跡漸漸有了起色，從垂直落體到拋物線，到好高好高的弧線，有幾次，望著標槍往空中飛去，我還以爲它將就此擺脫重量的拉扯，自由飛翔，飛過雲端，消失在太陽和星星之間。

我相信，只差一點，就差那麼一點點，我的實驗就大功告成了，至少可以推翻落體定律一次，問題是突然間，完全不在預料之中，我的拋擲練習被迫中斷。

我的計劃告吹都是那個人害的。他叫奧斯卡，是家庭老師，到我們家來幫我輔導功課。

他是在一個春天的午後出現的，我躺在我的凹洞裡，而他雙手插著腰站在我面前，大吼說：「喂，小鬼，怎麼這麼無精打采的!?」

聽他這麼說，我心想，不知道哪裡來的送貨員在耍寶，就假裝沒聽見，懶懶地轉向另一邊，就在我快要重新睡著的時候，脖子上挨了一記泥土加石頭。

我像條毒蛇猛然轉過身去準備咬人，可是我連開口罵他都還沒來得及，他已經咧開嘴笑著對我伸手說：「很高興認識你，我是奧斯卡，你新的家庭老師。」

他高興我可不高興，我沒答腔，假裝再一次沉沉睡去。

周圍的聲響漸漸離我遠去，彷彿我正駕船離岸朝海上出發，回想他說的話，告訴自己那肯定是個誤會，那傢伙一定走錯了地方之類的。

結果錯的是我。第二天早晨，當我看見他跟我祖母她們有說有笑地在花園散步往凹洞方向走來，我就知道不妙，在大聲把我叫醒，三個人齊聲重複他前一天說的那句話之後，我就更確定了。

那一刻，爲了讓他知道我不用他教，也爲了表現教養，躺在凹洞裡的我維持原來的姿勢就這麼向上伸出我的手臂，十分客氣地跟他說我叫盧本，認識他是我的榮幸。祖母聽我這麼說，露出甚感欣慰的神情，就又踩著蹣跚的步伐回頭往別墅走，留下我一個人在那裡，跟我的家庭老師對看。

他的眼睛是灰色的，既外突又泛著淚光，沒有睫毛。我盯著他看了一會兒，他的眼睛毫不動人，我們兩個人也沒什麼好玩的，我便翻身趴著，準備繼續睡。

但我連夢鄉的大門都沒看到，他就用他的腳頂了頂我的腳，逼得我重新睜開眼睛。

看到他再次站在我面前，對我伸手咧著嘴笑，又想他重複自我介紹大概是因爲先天耳背的關係，躺在凹洞中的我就又舉起手臂，提高音量再說了一遍我叫盧本，認識……豈料突然間一陣地動天搖，我整個人從洞裡面彈了出來。

等回過神來，等血液重新從頭到腳、從腳到頭恢復正常循環，我才意識到，把我從凹洞拉起來的正是奧斯卡，他抓住我一隻手臂，像拔野花毒草那樣，硬是把我拔了起來。

我一身泥土站在他面前，整個人還渾渾噩噩的時候，他就用雙手握住我一隻手大力上下搖晃起來，一口氣又說了一遍：「很高興認識你，我是奧斯卡，你新的家庭老師。」

隨即又補上一句說，文明人是這麼面對面站著打招呼的。

就從那時候開始，我原本平靜的人生，平靜的不得了的人生，變得支離破碎，彷彿裝甲車履帶下輾碎的餅乾。

從那天開始，我睡覺一定得在床上睡，裹著像裹屍布的床單，天還沒亮就得起床刷牙梳洗，每天都得換上乾淨的衣服，除了按時吃飯，還得坐著吃飯，要做健康操，還要跑步，這樣還不夠，我整個早上跟下午，幾個小時都得待在涼亭裡，面前有成堆的書跟筆記本，還有奧斯卡坐在我旁邊。

最初幾個月，我眞的學到了蓋金字塔要花多少時間，每個小孩能吃多少蛋糕，恆河源自何處又在哪裡出海，烏鴉媽媽有多偉大，還有爲什麼一粒球滾啊滾到最後會自己停下來。我學會了這些，還有一大堆奧斯卡唸然後我大聲複誦的東西，只是到了晚上，我不但沒有因爲獲得新知而感到充實滿足，反而像困在牢籠中的野獸，在床上輾轉難眠。

沒多久，我上課開始心不在焉，桌子上飛來小瓢蟲，或有紫藤花在上頭搖曳，我都會分神，可是奧斯卡卻都看在眼裡，他用他那雙惡狠狠的圓眼瞪著我看，一分鐘之後，他的手指就會像鉗子一樣捏我的手臂，我的腿，或像轉收音機旋鈕那樣擰我的耳朵。

就這樣，那幾個月不管白天或晚上，我開始夢到自己是一株被砍倒的百年老樹，躺在森林中，地衣和青苔覆蓋，看著自己身上長出蘑菇，還有數十隻成排的大螞蟻在散步。總之，在夢中我是靜物，身邊的世界則紛亂吵雜，面對那些書，那樣的生活，我覺得好累，彷彿被獵人追捕逃竄的野兎。

上課跟運動時的心不在焉，漸漸變成酣睡。我可以像馬一樣站著睡，或像睡鼠一樣躺在地上蜷著尾巴睡，就這樣入睡。問題是，睡不了多久，奧斯卡就會用冷水潑我，硬生生把我帶回現實世界。

有一天，奧斯卡離開一會兒之後回來發現我沒在唸書，而是躺在凹洞裡，他什麼都沒說就走了，再回來的時候拉著一輛手推車，裡面裝著沉甸甸的東西。幾分鐘後答案揭曉，因爲那濃稠的液體突然就倒在我的雙腿和身上，我從脖子以下全部被石膏液淹沒。

事到如今，唯一的解決方法就是靜止不動，其實如果奧斯卡之後不用繩子鐵鍬把我挖起來，我倒也覺得挺棒的。

他用手推車把我載到涼亭那裡，跟平常一樣繼續上課，雖然看起來他是對著一尊雕像而不是學生講課。唯一不同往日的是，在午休時間，他對我說：「你看起來有點累

……」，還露出甜美的笑容說我想要的話，可以到凹洞那裡睡一下，或活動活動伸伸腿。

我當然沒有回話，包括到了晚上，他用榔頭把我這個石膏像敲開的時候，我既沒開口謝他也沒有放聲大哭，只是用床單裹住自己，假裝沉沉入睡。

那天晚上，輾轉反側的我在諸多畫面中看到了一葉長而柔軟的紙莎草慢慢枯萎，彷彿找不到水源，從葉尖的絨毛開始到根部漸次變黃，看著它，我頓時意識到那就是我的人生，快要被這些瘋狂和沒有意義的外在干擾給毀了。

到那一刻，我才知道必須儘快找到對抗奧斯卡笑裡藏刀暴政的辦法。最簡單的方法就是跟祖母她們說，這傢伙是個危險人物，說起來容易，問題是她們不會相信我的，因爲每一次她們出現在附近，奧斯卡就熱情的摟著我或摸著我的頭說：「我的小可愛……」。

既然無法向祖母求援，那麼解決辦法只剩下一個，逃家，可是我對這個辦法又隱隱覺得不安，我既無謀生能力又身無分文，除了跑去美國找我外曾叔公外，還有哪裡可以去呢？拂曉前夕，我想起海浪是怎麼鍥而不捨地拍打著海岸，最後就連玄武岩也變得千瘡百孔，於是我知道未必得找到一勞永逸的做法，鯨吞蠶食同樣奏效，也就是說，我可

以不動聲色、一點一點地重新擁有我之前的生活空間。

坐而言不如起而行，當天早上我就開始執行我的計劃。奧斯卡還在睡的時候，我就爬起來了，躡手躡腳地走向花園。來到草地上，我雙手夾在身體兩側，吸了滿懷濡濕、新鮮、屬於夜晚的空氣，我站在那裡，滿心喜悅地享受花園寧靜之美。我是如此陶醉，完全沒想到那是我最後一次站在那裡，因為再過一會兒，事情就像拋物線那樣由高處向下墜落，而我將墜入萬劫不復的悲慘中。

那一刻站在草地上的我萬萬沒有想到，就連我舉起我的標槍往空中奮力擲出的時候，也完全沒有料到之後的發展。我在花園四處練標槍，拋擲了十來次，一面丟，一面心裡在想，奧斯卡怎麼還沒有出現，雖然閃過這樣的念頭但很快就又忘了，我的腳因為露水都濕了，我還是不停的又跑又跳，我跑得越快跳得越高，我的標槍也就飛得越高，那麼高那麼高，有幾次我真以為它會飛過雲端，然後永遠不停地繼續向前飛。

就這樣，過了差不多一個小時，直到橘紅色的陽光照得我睜不開眼，也照亮了整個花園。我什麼都看不見，只瞥見前面的矮叢跟樹幹之間有陰影一閃而過，心想那不是流浪狗就是自己眼花，我繼續練習，手中的標槍呼嘯著射向空中，正好落在那邊。

於是我往那邊走去，在籬笆跟草地之間尋找，結果在海桐花下看到他的皮鞋朝天躺在那裡。我突然意識到，我的標槍落地時插到的不是草地或樹幹，而是奧斯卡。

接下來發生的事情我記不太清楚了，只記得聽到烏鶇重複唱著它的歌曲，馬路上卡車轟隆隆駛過，還有，我略微定下神來之後，想起一旦奧斯卡的屍體被發現，我就成了殺人兇手。沒有人會相信我說的話，說那只是失誤，是拋物線軌道的問題，祖母是不會相信我的，更不用說警方了，所以，在短短兩個小時之內，我從外曾叔公伊薩克的繼承人變成了終身囚禁的犯人，一輩子都關在牢籠裡再也看不到夜晚閃爍的星空，還有在地平線那端昇起落下的太陽。

想到自己會落得如此不名譽的下場，我就像聽到獵人槍聲的野兎全身一顫，隨即如同野兎一般往別墅大門的方向撒腿就跑，跑上馬路，跑得飛快，雙臂用力往後甩，膝蓋高舉到下巴處，自己都還沒搞清楚怎麼回事，就已經跑進了火車站，縱身一躍，跳上了第一班出發的火車。

2

後來的事大家都知道了：就是我關在廁所裡，想著爲什麼這些事在這麼短的時間內就摧毀了我平靜的一生，眞是匪夷所思，我看著自己，看著鏡中的自己。

然而，我越想就越覺得奇怪。說眞的，那些倒楣事如果必須發生在某個人身上，爲什麼偏偏要發生在我身上呢？我不是走在艷陽高照、筆直的鄉間大道上嗎？爲什麼這一切就這麼從天而降，彷彿蒼穹落下的隕石，又快又狠，而我完全來不及事先察覺閃躲呢？爲什麼是我，一直以來我都過著封閉、平靜的生活，突然間卻從床墊王國的繼承人變成了被警察四處追捕的殺人嫌犯呢？

我的鄉間大道如今滿是石頭和荊棘，我的命運會是什麼？

這一切的背後是早有預謀，抑或只是唬嚇人？

我手插在口袋裡，眼睛盯著自己的眼睛看，想了又想，這時有人先是輕輕敲門，之後失去耐性開始直接轉門把，企圖把我藏身小窩的門打開。

這種情況下最好不要輕舉妄動，我一洗完手，就馬上離開廁所，想找一個位子坐下來，最好是找一個人的位子。我找了六、七節車廂，找到一個包廂，裡面只有一個男孩，白頭髮，穿著灰色制服，蜷著身體睡得好香。爲了避免有警察經過走道會認出我的臉來，我一進去，就開始盯著窗外看。看著成熟的麥田，還有一望無際的向日葵，看著在上空盤旋的烏鴉和喜鵲，還有忙碌工作的打穀機和牽引機，就這麼專心盯著出現在眼前的東西看，直到我從玻璃窗反影看到，車廂內的另外那個人已經醒了，正目不轉睛望著我。才一會兒功夫，那個男孩連自我介紹都沒有，彷彿再遲就來不及了似的，他抓住我的手臂問我說，我才穿一條短褲加T恤難道不會冷嗎。他語氣挺凶的，而我爲了不讓他有繼續發問的機會，馬上點頭說，雖然天氣滿熱的，不過我冷得牙齒都要打顫了。

於是他有點過度熱情的說，簡直是太巧了，因爲他穿著那身羊毛制服快要熱死了，如果我同意跟他交換衣服的話，那事情就好辦了。我很感謝那男孩的率眞，意外地讓我

有了改變裝扮的可能，我回答說這想法很妙，事不宜遲，我們把靠走道的窗簾拉下來，脫下衣服快速換裝。

我還在扣外套上的金釦子，他已經穿好衣服，凶巴巴地說他快要下車了，不陪我了，站在包廂門口的他，用他紅色的眼睛盯著我又補了一句：「你看起來實在很鳥，我在道上的名字是斯巴達克，別忘了。」話一說完，他就一溜煙消失在走道上。

我又是一個人了，我想總得先知道這列火車帶我去哪裡吧。那時候我已經決定了，逃亡不能毫無章法，所以我要有明確的目的地，而那個目的地自然是外曾叔公伊薩克所在的那個什麼事都有可能發生的美國。可是隨便問旅客火車目的地是很危險的，更不用說問查票員了，要解決這個問題，我只能在下一站停車的時候下車，看看月台上或火車車身上的牌子，再決定要不要繼續搭這班車。

我這個計劃很快就實現了。過了半個小時，一陣搖晃加巨響，火車開始減速慢慢停了下來，彷彿一條游累的抹香鯨，停靠在車站的月台棚下。

旅客下車的時候，我從窗戶探出頭來查看月台上有沒有警察，等確認月台上除了旅客跟幫忙提行李的搬運工之外別無他人後，我才離開包廂。

運氣還不錯，隔壁車廂外面就掛著牌子，看完之後，我知道這列火車的目的地是首都。也好，應該說好極了，因爲到了首都，我就一定有機會搭上飛機前往美國。

一拿定主意，我便手插口袋，吹著口哨往先前那節車廂的門口走去，快到的時候，我看到有兩個女人在台階上，看起來很狼狽的樣子，那兩個女人一瘦一胖，瘦的一方推胖的那一方喊道：「用力！」胖女人則揮舞著一枝白色手杖應和著。

可是她們兩個每喊一聲，不但沒有向前進，反而還往後退，感覺上每次一出力都有可能會摔個狗吃屎，果不其然，就在我走到她們身後的那瞬間，兩個人疊羅漢似地往後一栽。

因爲擔心會有人說她們摔跤是我害的，我急忙殷勤上前攙扶，扶完一個再扶一個，把兩個人都拉起來後，我發現那個胖女人看不見，是盲人，於是我就顧不了更多了，因爲就在那個時候，月台盡頭響起火車離站的哨音，我大喊一聲「兩位再見」，就一躍跳上車廂台階。我一躍，但褲角卻像晾在曬衣桿上的襯衫一樣被緊緊抓住，我一屁股跌坐在那兩個女人之間。這時我聽到瘦女人驚呼道：「感謝老天，來了個童子軍！」然後她就以迅雷不及掩耳的速度把我的一隻手臂塞到那胖女人的手臂下，再把行李塞進我另一隻

手中說：「快，動作快，火車要開了。」然後又不說分由地把我重新推上火車。

我那一刻也無計可施，只好使盡吃奶力氣，把那胖女人跟她的行李拉上台階。就在千鈞一髮之際，我跟她趕在車門關上之前擠了進去，在那同時，我心裡已經在想著要怎麼擺脫她了。是把她隨便找個車廂一塞之後不管呢，還是把她從疾馳的火車上推下去？月台上哨聲再次響起，在我們腳下的那個瘦女人開始親吻自己張開的雙手，然後朝我們吹氣，希望那些霹靂啪啦的吻能快速送到我們的臉上。

列車開動時，她也移動腳步，甚至還踩著那雙白色的漆皮皮鞋蹣跚地跟著火車跑了幾步，像跟小朋友道別那樣揮手跟我們說再見。等火車加快速度，她也就跟著灰撲撲的月台頂棚一起消失在視線中。

數小時後我們抵達終點。不管我怎麼努力，那個胖女人始終緊挨著我，坐在同一個包廂裡。

事實上，從火車離站開始，她的手臂就像老虎鉗那樣緊緊夾著我的手臂，一切都在她的掌控之中，我是說，她的手臂之中，她也不問問我的意見，就帶著我去找她要的位子。等找到了位子，我也說不出是出於自願還是被迫，就坐到她身邊去，而且旅程中間

我還得一直忍耐她沒完沒了的嘮叨。

她的滔滔不絕我當然是左耳進右耳出，在那兩到三個小時的旅程中，關於她說的一輩子的諸多事蹟，我半句都沒聽進去，因爲我腦袋裡只想著要怎樣才能夠不動聲色儘早脫離苦海。

我想了又想，得到的結論是，最好的解決之道就是裝睡，假裝睡得又香又甜，引誘她毫無防範地也跟著入睡。這樣一來，等她把那糾在一起的肌腱和肌肉都放鬆開來，我就可以趁我們兩條交纏的手臂之間還稍有空隙時，從老虎鉗中脫身，然後像雪貂一樣踏著輕盈的步伐悄悄遠離那個包廂。我試了五六遍假裝突然熟睡，可是一次都沒成功，因爲我每次眼皮剛閉上，她就像小鳥或昆蟲般猛然回身轉向我，還用另外那隻手搖晃我的肩膀嚷嚷說：「你幹嘛？你閉上眼睛啦？你幹嘛？睡覺？你瘋啦？怎麼能錯過這麼美麗的景色？」

沒多久，我因爲受不了重複聽到她神經兮兮的尖叫，還有她每次一提高聲音，指甲就會深深嵌入我的手臂，所以我決定了，至少到旅程結束之前，我都假裝自己是救世童軍，等時機合適的時候，再來想怎麼溜之大吉好了。火車駛入首都車站時已是深夜，那

個盲太太跟我夾在亂糟糟的人群中下了車，有人單身、有人結伴，我們不發一語走在故障的霓虹燈冰冷豔紅的燈光下，往計程車招呼站走去。

伊拉麗亞，是那個盲太太的名字，她住在機場和高速公路交流道之間偏僻郊區一棟大樓的頂樓。她就住在那裡，但教人意想不到的是，她家並不是頂樓，而是夾在亂七八糟的天線還有水泥塊之間，搭在屋頂上的一個鐵皮違章。

那天晚上，我們從城市的一端搭車來到另一端，我們一起上樓到她家，伊拉麗亞把橘綠菱形格小沙發上的布偶狗跟一個佛朗明哥跳舞娃娃挪開，讓我睡在那裡。那天晚上之後，幾乎整整一個月我都睡在那裡。

白天的時候，我一邊在腦袋裡想著什麼時機可以落跑，一邊陪她上超市，在她家附近的公寓中庭跟停車場散步，聽她口沫橫飛、滔滔不絕說個沒完，身前身後跟著一群瘦骨嶙峋、歡欣鼓舞的狗。我們就那樣一天又一天走來走去，她縱使沉浸在自己的喋喋不休中頗為逍遙，倒從沒放鬆過緊抓著我的手。事實上，從一起床，她就抓著我的手臂不放，以至於每天早上才八點，我的手臂就已經泛紫，然後跟日晷一樣精準，十點開始瘀青，中午時分變得蒼白無血色，到了下午宣告病入膏肓，那時我幾乎感受不到手臂的存

在，彷彿它不再是我身體的一部分。

唯有晚上，由於床分兩地，伊拉麗亞只得在門鎖上兩道，鑰匙塞入胸罩的海綿墊之後，放開她的老虎鉗，我因爲不習慣突如其來的自由，走起路來不是撞到牆壁就是磕到家具，她則像尊黃澄澄的蠟像，動也不動躺在房間底端的一堆被子中間，高聲喊著：「晚安，天使，晚安了，我的小天使……」

她每天晚上總是用那屬於天國的名字來喚我，完全忘記我一開始就跟她說過，我的名字叫盧本，我的頭髮是紅色的……

每個星期四，如果天氣還可以，我們的散步路線就不一樣了，甚至還要坐公車。我們在一個塵土飛揚的廣場下車，那裡只有一個賣冰沙的小攤，還有老先生玩滾木球的球場，廣場盡頭兩堵高牆中間，是電影製片場碩大的鐵柵門。

那就是我們要去的地方。

警衛通常都會站在玻璃崗哨門口等我們來，他面無表情，腋下夾著厚厚一本日誌。等我們走到他面前，簡短打過招呼之後，警衛會在門口擺上兩張塑膠椅，然後他跟伊拉麗亞就坐下，伸長腳，頭微微後仰，彷彿在他們面前的不是灰撲撲的廣場，而是電影銀

幕。他們那樣坐定後，兩個人就開始聊天，一聊好幾個小時，沒有冷場，我想當著警衛的面偷溜根本毫無希望，只好站在他們倆人後面，像根大燭臺一樣，直挺挺地僵在那裡。

不用說，打開話匣子的都是伊拉麗亞，她每次開頭都這麼問：「五號後來怎麼樣了？」要不然就是：「二十二號有沒有什麼新發展？戴絲絨手套的兇手又出現了嗎？」

那些號碼，指的當然是不同的攝影棚，她總是要打破沙鍋問到底，上個星期拍的那個故事結果如何，是不是又開拍新片了，還有她很愛看的那部電影有沒有拍續集。

然後那個警衛就打開他隨身攜帶的那本日誌，那上面記錄了每一個攝影棚拍攝的故事內容、特效、演員及替身人數，他研究完第五棚的紀錄之後，慢條斯理地開口說：「他們讓五號那個演褐髮女郎的女演員帶槍……有假血還有……」雖然警衛在敘述這些故事時都儘量保持語氣平靜，可是伊拉麗亞每次都會從椅子上跳起來驚呼道：「喔，我的天啊，眞的是她？怎麼可能……喔，天啊……那，到底她是殺人兇手還是她會被殺？」

答案永遠都在那本記事簿裡。如果第二天那個演褐髮女郎的女演員沒有出現，就表示她遇害了，而且被殺了以後還給埋了。

他們倆個可以就這樣聊一個下午：警衛看工作日誌，提供一些零星的線索，而伊拉

麗亞偶爾沉默，或許沉默的她是在記憶的盒子裡尋找某些先前提過的細節，好把片廠拍攝中的電影情節完整地串起來。

如果星期四剛好有殺青戲要拍，不但是一部扣人心弦的長片，而且結局又像是可媲美希臘預言女神的伊拉麗亞一開始所預料的，她會突然變得像小孩一般雀躍，而且莫名慷慨地讓我到對面的賣冰小販那裡去買薄荷冰沙。當那牙膏味道的冰屑在警衛跟我的舌頭與下顎之間融化的同時，伊拉麗亞會滿嘴東西又把整個故事從頭再說一遍，解釋給我們聽她是基於哪一個線索，才會在開拍的第二天就推斷出最後的結局會是如此。

不過有時候，腳本上寫的是殺青戲要在戶外拍，例如凌晨在高速公路收費站或黃昏時分在髒兮兮沒人要去的沙灘上，這麼一來，伊拉麗亞就無法印證結局跟她的假設是否吻合，她頓時會覺得自己被命運之神背棄，滿腹不高興且悶悶不樂，甚至好幾分鐘都不發一語。

然後，等那木然的沉默詛咒破解後，她便伸手在空中尋找我的手臂，一旦重新抓住我，我們就在寡言中慢慢走過那空盪盪、塵土飛揚的廣場，往公車站走去。

總而言之，每個星期四，吃過晚餐之後（我們都在黑暗中進餐，只有我需要蠟燭照

明），不管那天白天我們做了什麼，伊拉麗亞都會不動聲色悄悄在桌子上擺一張鈔票。她第一次那麼做的時候，我理所當然以爲她只是在測試我是否值得信賴，但後來我發現那張白花花的鈔票一直在桌上，終於忍不住用指尖輕輕捏起，塞進佛朗明哥跳舞娃娃大腿之間的縫隙裡。

從那天晚上開始，那洋娃娃的肚子就變成了保管我所有積蓄的存錢筒，一旦等我存夠錢可以出發，我會立刻逃離那個家。我一定會逃，而且已經想好了怎麼逃：選定一天早上，利用下樓的時候，讓電梯停在意想不到的樓層，三樓或五樓，停在那裡之後，趁伊拉麗亞還來不及反應，我就大力一扯或者低空給她一拳，脫離她的控制，然後撒腿就往樓下衝。

不過在時機尚未成熟，佛朗明哥跳舞娃娃肚子還沒裝滿之前，我最好還是乖乖待在那裡，讓她叫我天使，帶她在廢氣和水泥叢林中散步，任她嘮叨充耳不聞。

就在我住在伊拉麗亞家的第四個星期四，東南風帶來的烏雲匆匆飛過高樓樓頂，我在穿越製片場前廣場的時候，感覺到一種異樣的淒涼，事情不太對勁。果不其然，我們走到鐵柵門門口的時候，沒有看見警衛的身影，崗哨內空無一人，玻璃門緊閉，門上掛

著一個牌子寫著：「罷工關閉」。

伊拉麗亞警覺到警衛沒有上前來打招呼，連問了我六、七遍：「怎麼了，爲什麼這麼安靜!?」她這麼問我，我趕在她問第八遍之前回答說對，沒有半個人，大概都出差或出去辦事去了。

我這麼說，她當然不肯相信，用另一隻手臂扒住柵欄，先後搖晃大喊大叫道：「開門，快開門！」伊拉麗亞就那樣高聲嘶吼了整整五分鐘，一直到她發現唯一的回應是鐵柵欄晃動的叮噹聲和松樹針葉搖曳的沙沙聲，才肯放棄，舉起白色手杖對空揮舞，喃喃說道：「那就回家吧。」我們穿過沙塵和塑膠袋齊飛的廣場，往公車站走去，短短一段路我就察覺伊拉麗亞眞的很沮喪，我還是第一次看她這樣。她跟往常不同，沉著臉不說話，眼珠子定在眼眶中央不動，還有，除了不說話之外，她環著我的手臂也放鬆了，幾乎沒有施力，我那個時候如果想要逃走的話，可說是完全不費吹灰之力。

但是我沒逃。我腦袋裡想的是等我們一回到家，心情低落的伊拉麗亞一定會一屁股坐到陽台的躺椅上，數著飛過大樓的飛機，然後很快就睡著，忘記我，她的小天使，也忘記我的小費。我認爲如果那天找不到什麼可以排解她憂傷情緒的事物，我就沒有東西

可以塞進佛朗明哥跳舞娃娃的兩腿縫隙裡。所以當我們走到差不多廣場中央的時候，我猛然停下腳步，用我自由的那隻手指著前方驚呼說：「呵，原來他們在這裡……！」我的話讓伊拉麗亞精神爲之一振，恢復往日的機靈和嘮叨：「誰？什麼事？誰？在哪裡？」她立刻歪著頭、掀著鼻孔，想在我告訴她之前知道究竟發生了什麼事。

「是製片場的員工，」我趕忙回答她：「他們都在這裡，拖著好大的鋼架，還有紙做的石頭從廣場一端走到另一端……。」

「喔，眞的？是眞的嗎？」伊拉麗亞問：「奇怪了，我怎麼什麼都沒聽到，沒有窸窸窣窣的聲音，沒有吵雜，連空氣流動的感覺都沒有……。」

爲了不讓她起疑，我跟她說，風那麼強什麼都聽不到是很正常的，不讓她有再追問下去的機會，我立刻當起了特派記者，向她描述廣場上人員跟技術人員的一舉一動。我說他們動作敏捷地正在搭一個城堡，才不過十分鐘的時間，我就看出那是一座中世紀城堡，所以那是一部以騎士貴婦爲主角的電影。

而所謂城堡，事實上只是由幾根橫樑、立面和側牆搭起來的，撐在這些東西後面的是各式各樣的三角椎體、長方體，有的像金字塔，有的像洋蔥，上面都插了小旗子。有

些是金屬材質，硬梆梆的，頭角崢嶸或呈雞冠狀，或如引航的北極星；有的則是貨眞價實的紅藍相間絲質軍旗。各式旗子在空中飄揚，地面上的工作人員已經開始另一項工作，用挖土機沿著城堡立面挖出一條深深的溝渠，他們挖了差不多五分鐘，之後消防車注入黃濁的水，再啓動絞盤拉起吊橋。既然拉起吊橋，顯然這故事一定跟圍城有關。

果然，接下來，從廣場另一邊有樹開始往前移動，每棵樹裡面都藏了一個人，踏著小碎步，像麻雀那樣，一跳一跳地前進。有榆樹、槐樹和椴樹，全都是硬紙板做的，再用反光的塑膠做樹葉和樹鬚。沒多久，這些樹就以事先排好的陣勢環繞在城堡前方：每棵樹都走到事先用粉筆在地上劃好的位置，十字是椴樹，三角是槐樹，四角形是榆樹。站定之後，這些樹就不再動了，雖然這片森林是自己來報到的，不過待會兒，很可能第一次攻擊就會發生在那些枝椏之間，皇帝的使者即將在森林裡被一箭穿心而死。當然嘍，箭早就藏在使者的皮衣裡，而且箭上面還有一根小管子，連著一袋不知道是顏料還是蕃茄醬的紅色液體。

所以說，即使弓箭手連箭都沒射出去，使者還是穩死無疑，他只要輕輕按下腰帶上的按鈕就可以置自己於死地。一按鈕就可以讓箭從皮衣裡面溜出來，接著蕃茄醬就會飛

濺出來擊中他的左胸口。

同一時間，片廠的光控柵門無聲無息地打開了，出現在那裡的，是一隊騎士，數十名騎士排成一列，帶著彈弓、弩和戟，身上穿著閃閃發亮的盔甲，外罩金屬網衫，頭上還有猙獰的頭盔，有的尖銳猶如麻雀嘴，有的則是勃艮第一帶的樣式，面罩部分或像管風琴，或像嵌齒，還有的頭盔活像劍龍或暴龍的頭。

他們就這麼站在柵門外，人雖然不動，但座騎卻很不安，跺著腳揚起地面塵土，脖子從右到左再從左到右來回搖擺，騎士則用他們戴了金屬手套、骨瘦如柴的長手指勒住馬韁。

好，現在一切都已經準備就緒，全體屏氣凝神。屏氣凝神的有那片會行走的樹林，那群騎士和馬匹，還有在陰影中的工作人員與技術人員，大家在等的是隨時都會坐著黑窗廂型車出現，一聲令下便可向城堡發動攻擊的導演。

結果導演沒來，反倒刮起陣陣強風，廣場上頓時風沙走石。剛開始風勢不強，之後卻一陣強過一陣，捲起狂舞不羈的沙塵，撲向榆樹和椴樹，撲向馬鼻子，還有恐龍頭盔。

一轉眼，蓋天覆地的風沙彷彿一襲婚紗，罩住了原本旗幟飄揚的清澄天空，我跟伊

拉麗亞也不例外，我立刻說看到導演在場景的另一頭舉起了手臂，那個手勢只說明了一件事，那就是由於能見度太差，所以宣佈那天收工。聽我這麼說，一直保持靜止沉默的伊拉麗亞彷彿大夢初醒，小小聲地問我說：「怎麼了，為什麼收工？是算拍完了還是怎樣？」

我簡短地解釋給她聽，那只是因為突然的強風跟塵土，所以暫停拍攝，應該明天早上就會繼續拍攝工作。說完之後，我就硬拉著她往公車站牌走去。

伊拉麗亞回到家後，先從冰箱撈了不知道什麼東西出來，然後在桌上留了一張美麗有如熱帶蝴蝶的大鈔，便拿著電話回房了。我一等她關上房門，就跟以往一樣拿起紙鈔捲成小捲，然後輕輕塞進佛朗明哥跳舞娃娃的肚子裡。因為這次入帳頗豐，在那一刻，我第一次有把握不用一個月我就可以到美國了。

只是，那張花花綠綠、沙沙作響的鈔票，不僅是我到伊拉麗亞家以來賺到最大的一筆收入，也是最後的一筆。

拍攝城堡那一幕的第二天凌晨，天還沒亮，伊拉麗亞就把我叫起來了，她用白色手杖敲打著門框讓我知道她已經準備好了，急著出門。我一邊在想什麼事那麼匆忙，一邊

穿上我的外套，連臉都沒洗就走到門口。我們像兩條魚沉默地游進電梯，我根本還在痲狀態，半睡半醒，直到我們兩個來到大樓中庭，她用力拉著我往公車站方向走去的時候，我才意識到她那麼早起床的目的是因爲她急著要知道攻打城堡那場戲的結局如何。

所以，當我們兩個並排坐在公車最前面的兩個位子，往那塵土飛揚的大廣場出發的時候，我就開始構想所有可能的情節，因爲我清楚知道，要想早一點湊到錢，就要懂得無中生有，至少在一個禮拜之內，每天都要編一個不露破綻的故事給她聽。我的計劃唯一的變數就是，風突然不吹了。只要風一停，伊拉麗亞的聽力跟蝙蝠幾乎不相上下，萬一她什麼聲音都沒聽到，就會立刻對我起疑。

我不禁擔心起來，連忙把頭伸出車窗外，感覺到陣陣微風撫上我的臉龐，於是我安心地坐回椅子上。我坐下來的同時，車子正好轉進那空無一人的馬路，馬路盡頭就是廣場，這時候，伊拉麗亞站起來說：「動作快一點，大家都在等我們。」我很沈穩，不慌不忙地回答說：「劇組怎麼會那麼早來，太陽都還沒……」但我最後幾個字卻哽在喉嚨裡出不來，因爲廣場上滿滿都是人，簡直像夏天的海水浴場，東一群西一群，有上百個盲人跟他們的看護在那裡。有的盲人是自己一個人來的，身邊帶著一隻拉不拉多犬或牡

羊犬，有人帶了露營用的摺疊椅，怕太陽太大的遮陽傘，還有裝著保溫水壺的包包。他們所有人都那樣呆呆地對著廣場中央動也不動，兩臂在胸前交叉，伊拉麗亞還沒說：「他們都是我的朋友，都是來聽表演的」之前，我已經知道，不用半個小時，我的詭計就會被拆穿。

最先有所察覺的是他們的看護，既然他們什麼都沒看到，也就沒辦法口述任何東西，一定會說什麼都沒有，眼前的這個廣場根本連個鬼影都沒有，也就是說大家起個大早，結果是白忙了一場。

那時候所有人一定會因爲不滿而鼓譟，會揮舞著手杖追著我跑大聲叱喝，會用摺疊椅跟遮陽傘丟我，會放狗咬我，我將無所遁逃。我唯一的掩護站是那冰攤，可是那麼早它還沒開，就算開了也無濟於事，因爲他們會把冰攤給拆了，然後用石頭釘子將我肢解。

所以，公車門一開，伊拉麗亞踏上第一階台階，舉起一隻手臂做打招呼狀，另外一隻原來夾緊的手臂稍微鬆了鬆，我就像蛇那樣一扭，把我的手肘從她的手肘中抽出來，一躍就跳下了公車。我落地時聽到她在背後大聲呼救：「救命啊！救命啊！」我連忙撒腿就跑。

我跑，手臂前後推進，膝蓋高舉到下巴，有如在塵土中又跳又衝、閃避野狗追捕的羚羊。我跑得上氣不接下氣，逆著風跑，跑了又跑，彷彿永遠沒有結束的時候。我的後腦勺已經感覺到拉不拉多犬和狼群溫熱的吐息，耳朵聽到看護高亢的嘶吼，預見自己躺在地上被亂棒圍打，就在這個時候，有一輛小貨車從廣場另外一端朝我駛來，我覺得那車是來接應我的，所以我又加快了步伐，握緊拳頭咬緊牙根，等車開到我身邊，我奮力一跳，躍上了貨車後車廂。我得救了。

3

小貨車的駕駛不是什麼好心的陌生人，而是斯巴達克。車子走過了不知道多少路、多少廣場，最後停在一座水泥橋下泥濘骯髒的草地上，他又說了一次：「眞是太巧了！」然後離開駕駛座。

我坐在後面車廂裡，還驚魂未定、全身無力的時候，他點燃了一支菸，樂不可支地告訴我，他是怎樣恰巧經過廣場那裡，認出了他之前穿的灰色制服跟滾邊，既然認出了制服也就認出了我，還有我的處境。

說完話，他吐出好幾個漂亮的煙圈，然後盯著我看，至少我覺得他是盯著我看，想要聽我解釋，我照辦，我說，總的來說，只不過是一樁失敗的交易，跟一個佛朗明哥跳

舞娃娃有關。

表面上斯巴達克對我的答覆還算滿意，沒有繼續追問，他出了好一會兒神，喃喃自語重複著「交易」，直到另一輛車出現在草地盡頭時才回過神來。他把菸屁股丟了，用鞋尖踩了好幾下，壓低聲音說，現在不需要貨車了，要走路到一個更安全的地方好好談談，他又說，如果我稱得上是生意人，他也不會比我差，我們如果攜手同心，很有可能在不遠的未來，可以共同完成某件偉大的任務。

我們走在草地上，他繼續說著他有多厲害，我則對他爲什麼把小貨車丟在那裡感到疑惑，但隨即我就告訴自己說他一定是跟車主說好了那麼做的，反正，這點對我這個身無分文的人來說一點都不重要，我只能保持緘默，準備加入他的偉大計劃。

接近中午時分，我們來到一間廢棄的輪胎倉庫。斯巴達克用一根很像指甲銼刀的鑰匙，花了不到一分鐘就把門打開了，他確認附近沒有人看到我們之後，走了進去，然後示意我也照做。

我們面對面坐在兩個卡車輪胎上，他開始跟我說明他的計劃。他先說了一個很長的開場白，他說每個人一生中都有機會致富，命運之神提供我們千百個機會，所以要夠機

靈，要注意不要錯失機會，要覺得每件事都垂手可得，而非海市蜃樓，要跟蟋蟀一樣伸出長而敏感的觸角。說完，他沉默了幾分鐘，嘆了幾口氣之後，他挪動他的輪胎坐到我旁邊來，在我耳朵邊悄聲說道我很幸運，眞的很幸運，因爲我正好在萬事俱備之際遇到了他。不過，他稍微抬高了嗓門說，在把秘密告訴我之前得先確定我不是個膽小鬼、懦夫，一個遇事逃避永遠不敢承擔的人。我對他的暗諷沒有回答，只是直視著他的雙眼，我堅定的眼神應該已經說明了一切，因爲他把手放在我的肩膀上，大聲地說：「是朋友，也是一世的朋友。」接著，便告訴我，他上個星期如何在偶然間發現了致富的方法。

事情發生在一個塵土飛揚的大廣場上的一間咖啡館裡。他當時坐在櫃檯旁邊的位子上喝啤酒，進來了兩個高個子，O型腿，頭上戴著寬邊帽，就在他隔壁桌坐了下來。雖然他啤酒已經喝完了，可是因爲覺得這兩個人感覺不太尋常，所以又再叫了一杯啤酒，而且刻意背對他們假裝沒事，其實他把那兩個人的對話全都聽進去了。就這樣，他知道了那兩個人是從加州來的電影製片，打算在那廣場上的製片廠裡拍一部星際戰爭片，還知道了片子沒辦法開拍是因爲遇到了一個問題：缺乏特技演員，他們需要一群身手矯健、不怕苦不怕難的年輕壯漢。

如果只是這樣，那就沒什麼稀奇的了。但那兩個人在仰頭一口乾掉杯中最後的威士忌時，深深嘆了一口氣，然後補了一句說，要是能在當地找到這些特技演員，甘願付出跟他們身高一樣高的錢，而且如果這些特技演員真的很棒的話，等片子拍完以後還要帶他們回美國。

這兩個人說完以後就離開了，他們開著一輛銀色的凱迪拉克，往片廠方向揚長而去。而斯巴達克卻繼續坐在那裡，再叫了一杯啤酒把剛才聽到的話好好地琢磨了一遍，大概半個小時之後他下了結論，剛才聽到的事正是等待已久的命運的安排，若不理會將注定失意一輩子。

要變成那些可以從任何高度往下跳、火燒自己、淹死自己、斷手斷腳，然後還可以笑嘻嘻跟沒事一樣站起來的人，斯巴達克又說，其實並不困難。只要抓緊時間，每天從早到晚練習各種危險的英勇動作就可以辦到。

那樣的話，不用一個月，我們兩個人就可以變成無懈可擊、無人能敵的特技演員，一定會馬上被請去美國，從此住在有庭園、有游泳池的花園洋房裡，唯一需要做的就是跳下去再站起來。

斯巴達克自顧自地繼續往下說，總而言之，他之所以會讓我參與他這個秘密計劃，全都是因爲我們兩個在火車上互換衣服那一刻起，他就把我當成是他的朋友，而朋友之間本來就應該有福同享、有難同當，彼此分享一切，不過，他好似要剝了我的皮那樣瞪著我看，條件就是，我要聽他的命令，不准抱怨也不可以發問。

那天，我們幾乎都在倉庫悶熱的陰影中坐在輪胎上討論這件事，等天色稍暗，斯巴達克出去了一個小時左右找東西吃。我一個人躺在輪胎上，雙手枕在腦後，心裡想，其實他剛才說的關於命運的那番話很有道理，而且我眞的很幸運，因爲不用多久，只要花一點點力氣，我就可以完成我避居美國的夢想了。

特技演員訓練在第二天晚上隨即展開。傍晚時分，斯巴達克開著一輛深藍色的標緻汽車來倉庫接我，我們開車經過無數個郊區，來到了我們的第一個練習場。那是一座傾圮的塔，矗立在遍地石礫的荒地上。

斯巴達克拔掉油門線讓汽車熄火後，從後車廂拿出了繩子跟釘子，便往塔底走去。他在我髖骨那裡綁上看起來不怎麼安全的安全帶，然後不發一語就開始往上爬。

我們就這樣在塔上爬上爬下一直到清晨，他在前面負責開路，腳踩著磚頭之間的縫

隙，每次都走一條不同於先前的路徑，有時候爬到一半，他會叫我自己往鐵窗那裡爬，或讓我騰空去摘朵花，甚至於等我爬到一定高度後，叫我往下跳而且不可以發出聲音。

整個練習過程中，我都完全服從他的命令，而且表現得頗有雜耍演員的專業水準。事實上，當我在上面跟星星如此接近時，我覺得自己格外輕盈、飄飄然，遠離一切塵囂，重溫好久以前我對天空抛擲標槍的感覺。

我們就那樣不停地練習，一直到晨光照亮了高塔和附近的景物。於是我們收起設備，坐著深藍色的標緻汽車回到輪胎倉庫。睡前，呵欠連連的斯巴達克要我把佛朗明哥跳舞娃娃的事說給他聽。

我不知道他爲什麼要問我那件事，是爲了多個作夢的題材還是什麼，我不知道原因，我只知道我太累了，連回答他的力氣都沒有。

只是後來在半睡半醒之間，我腦袋裡全都是那個佛朗明哥跳舞娃娃的大腿，還有塞在那裡面的錢。我越想越覺得，把那些錢留在娃娃肚子裡面發霉簡直蠢呆了，不僅蠢，而且大錯特錯，因爲那些錢是我憑勞力，流汗賺來的。所以，第二天晚上，斯巴達克邊開著他那輛深藍色標緻汽車，邊跟我說要練下去，需要多弄一點錢的時候，我不假思索

地就把佛朗明哥跳舞娃娃兩腿之間藏有積蓄的事都跟他說了。

我話一說完，他就聳聳肩膀，凶巴巴地叫我別說傻話了，大家都知道女人的珍寶就在那裡，因爲那裡就像是富饒的三角洲平原。

一聽他這麼說，我知道最重要的一點他沒聽進去，於是我跟他解釋說，那不是一個眞正的跳佛朗明哥舞的女郎，而是一個塑膠洋娃娃，它的主人是一個瞎子，而那個裝滿了錢的洋娃娃正張著腿坐在一棟大樓頂樓違建的沙發上，要去那裡把洋娃娃拿出來簡直易如反掌。

斯巴達克相信了我所說屬實，於是我們決定要執行這個收復計劃，所以改變主意，我們不去高塔那裡，而去了伊拉麗亞家。

不過這一次跟平常不一樣，我最好待在樓下躲起來，因爲雖然拿回屬於自己的東西並無可議，但還是有可能被大樓住戶認出我來，引起全樓騷動。

開車去伊拉麗亞家的路上，我們兩個又把整個計劃沙盤推演了一遍。去到那裡，瘦巴巴的流浪狗睜著黃澄澄的眼睛在車外打轉，我們把自己關在前座，再次互相叮嚀。

然後斯巴達克下了車，在距離汽車幾步遠的地方，他回過頭來，用手觸碰他的雙腿

之間，再次大聲喊說，萬一他沒有在我數到五百的時間內回來，那我就要趕快離開標緻汽車，自行逃回輪胎倉庫那裡。說完之後，他就眞的消失在大樓的方向。

結果一切都很順利。在我等待斯巴達克回來的那段時間內，什麼事都沒發生，而且他拎著洋娃娃頭髮回來的時候，我心裡才剛數到三百二十三。

等我們安全無虞地回到輪胎倉庫之後，斯巴達克才熟練地伸了一根手指到洋娃娃的大腿之間把錢掏出來，而且當著我的面大聲數錢。他數著錢，而既然那些錢是我辛苦賺來的，是我的，我自然張開手等著接錢，我伸長的手卻只是空懸在那，因爲他一數完錢，就用他那兎子般的紅眼惡狠狠地盯著我說：「最好暫時由我保管……」，然後二話不說就把錢塞進他的褲子後面口袋裡。

面對他的堅持我沒有出聲，我之所以沒有反駁，多少是因爲約定中說好了不准發問，當然也是因爲我對他的誠信沒有絲毫懷疑。還用說嗎，他如果不是好人幹嘛要把我從塵土飛揚的大廣場上撿回來安頓在這裡呢？

還有，他又爲什麼要花這些時間來教我怎麼成爲優秀的特技演員呢？

總之，接下來我們又繼續投入練習。

我們從鄉間的高塔換到海邊，入夜以後，斯巴達克把我的頭用力按到水裡去，教我如何克服溺水的恐懼；再不然就是讓我在沙灘上奔跑，而他則趁我不備，拿碗盤丟我，好讓我懂得如何閃躲種種前後夾攻、不留情的重擊，還有，他會利用休息時間，把火柴放在我的手下面，然後點火，讓我習慣，不再怕火。

表現出眾的我在短短一個星期之內，就完成了這些還有其他一些訓練，我知道不用多久就可以參加甄選變成特技演員，然後被請去美國。果然，在那七天即將進入尾聲之際，我們兩個人開著車在路上，斯巴達克告訴我說，訓練已經結束了，爲了驗收我的訓練成果，他將給我做個測驗。

不過那個測驗要在哪裡做，做些什麼，他都沒有告訴我。他只跟我說，第二天他不會出現，教我在倉庫等他，不要出去。我換了一個又一個輪胎打瞌睡，等著他來給我做結訓測驗，腦袋裡一邊做著出發去美國的白日夢，直到斯巴達克大力搖醒我，叫我站起來跟他走，因爲時候到了，該來的終歸要來。

於是我站起來，穿上外套，跟他一起上了車。沿路上他不發一語，我斜眼偷瞄他，發現他臉上憂心忡忡，那緊張的神情是我從來沒看過的。

我們來到市中心，斯巴達克把車停在一條沒有路燈的街上，從後車廂取出裝滿工具的包包和幾個麻布袋，依舊不發一語轉入一條小巷。我踮著腳走在他身後，就這麼跟著他走，約莫過了十分鐘之後，我們來到一棟看起來挺高級的大樓後門門口。斯巴達克終於開口了，他壓低聲音告訴我，在這個測驗裡面我要扮演什麼角色：我要像之前攀塔那樣，踩著他的肩膀往上爬，一邊爬一邊要注意四周圍有沒有什麼不尋常的動靜，如果有任何動靜，我就得學小狗對天高聲嗷叫兩聲，反之如果一切正常，等他鑽進屋頂上的老虎窗之後，我就要踩著屋頂往反方向走，走到沒路爲止，等我走到最後一片屋頂，只要坐在煙囪上等他的信號表示測驗結束就可以了。

他打量著後門，補了一句說，他的信號是學金絲雀唱歌。那是我那天晚上聽到他說的最後一句話。

我們進到大樓中庭後，有如蜥蜴一般迅速敏捷地攀著屋簷往上爬，等上了屋頂，斯巴達克選定了樓層，就消失在老虎窗中，而我則繼續在屋瓦上匍匐前進。

我就這樣沒有目標地爬了差不多二十分鐘之後，已經無路可進，只能按照指示坐在一個煙囪旁邊，仰望天空等待斯巴達克的信號。

那是八月，蒼穹中的星星彷彿一顆顆火球自天空墜落，墜落的姿勢千古未變，速度極快但從不落地。我看著那些星星，不禁想起我曾經聽過的一個說法，不知道是真是假：每個人在無盡的蒼穹中都有一個屬於自己的星星，也只有自己能在那顆滾燙的星心岩漿裡，守護著看似天書的個人命運之書。

4

然而，斯巴達克那天晚上再也沒有現身。我連打盹都不敢，一直等他的信號，直到金星喬裝爲一般星星爬上天空，直到曙光開始在高樓樓頂綻放柔和光芒。

又冷又累的我這才把頭靠在煙囪上，沉沉睡去，沒有夢。卻就在我睡著之後，發生了我以爲已經不會發生的事：不遠處傳來了清楚的小狗嗷叫聲。

我猛然起身，本能反應地往聲音傳來的地方跑去，我只顧跑，完全忘了我人是在屋頂上，突然間，我一隻腳踩空，整個人撲倒向前。

爲求自保，我轉身讓屁股朝下，雙手亂揮希望能抓到支撐的東西，但什麼都沒抓到，不到一秒鐘，屋瓦在我的重量牽引下開始紛紛掉落，往空無一物的樓下跌落，沒多久我

也就跟著下墜。我劃破天空，一如所有其他劃破天空的東西，視死如歸地垂直下墜，連一聲呼喊都沒有。我就這麼懸空下墜了幾秒，只有短短幾秒，因爲下方兩公尺處出現了一個陽台，我的牙齒和肋骨先後撞上陽台欄杆，然後我就整個人掛在上面了。

我大概有那麼一會兒功夫暈了過去，因爲我感覺到有水潑在我臉上，還有一個男人的聲音在說：「好端端的，怎麼會有小孩從天上掉下來」，但我卻完全想不起來自己在哪裡，發生了什麼事。

直到那個男人托著我腋下把我拉起來，向我自我介紹說：「你好，我是奧烏雷里歐男爵，家族繼承人」，我這才記起先前發生的事，爲了避免他問出我難以回答的問題，我高傲地望著他說我叫盧本，而且我，可以說，跟他社會階級地位相當。

自我介紹完畢，他轉身進屋，並示意請我一起進去。可是我一踏入屋內，因爲明暗落差太大，我只能先停在門口，直到眼睛慢慢適應，辨識出在黑暗的客廳中央有一把椅子後，我才走向椅子，整個人重重地跌坐上面。

而男爵在那幾近全黑的房子裡行走，猶如貓咪般靈巧，他走向冰箱，打開後把頭伸進去，問我要不要吃點東西，有醃鯷魚，還是要喝點伏特加。

聽他問我，我坐直了身子，回答說，不用，謝謝，我一點都不餓，因爲從昨天晚上開始，累積的飢餓感在那幾分鐘內全都消失無蹤。說實在的，定睛一看，我才發現這間房子又髒又亂，與其說那是貴族豪宅，不如說是男爵收容所，看這情況我隱隱感到不安，覺得還是盡早離開這個地方，回到輪胎倉庫爲妙。

說到做到，眼見男爵埋頭在冰箱裡翻找，應該不會注意到我，我以緩慢到讓人幾乎無法察覺的速度站了起來，雙手懸在空中，踮著腳往我覺得可能是大門的方向前進。

我就快走到了，只差幾公分就可以摸到門把了，突然感覺腳下有個東西，軟軟硬硬的，黑暗中從地上傳來嘶吼的聲音，一隻狗齜牙咧嘴地擋在我跟門之間。

聽到聲音，男爵的頭立刻從冰箱倒退出來，大吼一聲說：「梅菲斯托！你在吵什麼？」然後瞪著他那雙猛獸般的眼睛環顧四週，發現我人已經在門口了，他一個箭步衝過來，用兩隻手勒住我的脖子，把我拖回那張快散了的椅子上。稍後，恢復平靜的他大口喝著盛在瓷碗裡面的伏特加，彎下身看著我，用假惺惺的溫柔聲音跟我說：「喔，你該不會剛好在我朋友就要到的時候離開吧？」

他這麼說，而又驚又惱的我本想要冷冷地回答他說，他的朋友不關我的事，我還有

要緊的事要辦，我本來要這麼說的，結果卻什麼都沒說，因爲我還來不及表示我的意見，門後面就有了動靜，門打開，出現在門口的是一個瘦巴巴的女人，一頭黑色捲髮垂在肩膀，還有一隻白色惡狗，一身肥肉，尾巴像螺旋開酒器。

看到我，人跟狗都楞住了，惡狗低吼，那女人緊張地將手伸入頭髮裡。男爵裝模作樣地一下轉向他們，一下轉向我，幫兩邊互相介紹：「朵米蒂拉……」，他指了指那女人，「安潔莉卡」，指了指那隻狗，然後又指了指我說：「塞巴斯提亞諾……。」

聽到那個名字，我正準備跳起來抗議說，我才不叫那個名字，但那女人已經面無表情踏步走了進來，一隻手摸了摸我的嘴唇跟臉，另一隻手摸了摸我的大腿跟肚子，然後問男爵說：「新來的僕人？」

究竟那個不管我願不願意就把我當成僕人的神秘高傲的女人是誰，我到接近中午時分才知道。快要吃中飯的時候，她帶著兩條狗出去了，留下我一個人跟她的同伴在家。男爵從箱子裡撈出一個一面紅一面藍的海灘用氣墊，還有一個打氣筒，說那就是我以後睡覺的床，然後在瓷碗裡倒滿伏特加，另一隻手抱著一缸醃鯷魚，他一屁股坐到客廳中央那把快散了架的椅子上去。我一邊給氣墊打氣，他一邊問我問題，都是對不認識的小

孩會問的一般問題。

我回答的時候自然很謹愼，我跟他說我幾歲，叫什麼名字，但我沒有跟他說我家是一個很大的別墅，我之所以逃跑是因爲我犯了殺人罪，當然也不會跟他說，我就快要去美國找我那個富可敵國的外曾叔公了。不知道爲什麼，我對那個男的很有戒心。不過我雖然不說，他應該還是猜到幾分，因爲我打完氣準備要封上打氣孔的時候，他嘴裡喀嗤喀嗤地嚼著魚骨頭說，我不用白費力氣裝神秘，從我身上的制服就知道我是從教養院偷跑出來的小賊，正準備伺機而動，說不定還準備幹什麼壞事呢。

然後他臉上帶著我覺得很虛僞的笑容說，我在那個家裡完全不用擔心，因爲不論是他或朵米蒂拉都不是那種會管別人閒事的人。我做僕人如果夠認眞勤勞，待在那個家裡，我不僅不會遇到麻煩，說不定還可以看到我的女主人加冕登上王座。因爲，雖然朵米蒂拉看起來跟其他女人沒什麼兩樣，但事實上她是如假包換的女王。我聽他那麼說，整個人都傻了，蜷縮在床墊上反覆唸道：「女王？什麼女王？」

於是，男爵唏哩呼嚕地，一口將碗裡的伏特加喝盡，開始解釋給我聽朵米蒂拉跟皇室的關係。他們倆個人是多年前在北非卡薩布蘭加一間小旅館裡認識的。他去那裡兩個

禮拜處理生意上的事，她也來了，而且房間就在他隔壁。她在住宿登記名單上留的名字是伊達，可是他們兩個在陽台上聊起來變成好朋友之後，她就讓他叫她朶米蒂拉。

那個名字，是幾個月前在路上一個吉普賽女人看到她時脫口而出的名字。一切都發生在冬日的一個夜晚。伊達，也就是朶米蒂拉，把她開在郊區的美腳美指店的店門關了，正要往公車站方向走去，這時候，走在對面紅磚道上的一個吉普賽女人突然跑過來跪在她的腳邊說：「朶米蒂拉，我的女王，你終於回到人世間了！」

乍聽完，伊達還來不及回過神來，就見那吉普賽女人不斷親吻著她兔皮大衣的下擺跟她說，那天早上多虧塔羅牌的指引，所以知道自己會遇到今世輪迴再生的夜女王，就在她以爲自己看錯牌，準備放棄回營地去的時候，卻看到伊達從容優雅地走在馬路對面，頓時心中的疑慮跟猜測都一掃而空。

吉普賽女人說，由於自己接下來要說的事關重大，要求伊達以當天的進帳爲抵押，等吉普賽女人把錢收入襯裙裡面之後，才又繼續往下說。至於那個部分，男爵站起來走到冰箱前面說，當然不能告訴我。重要的是我要知道，很可能在不久的將來，世界會發生自宇宙洪荒以來，就再也沒有發生過的大災難，在混亂中，當然這混亂是暫時的啦，

會產生新的秩序，到那時候，只有像朵米蒂拉這樣，開了第三隻眼的人才能夠統治世界。他邊說，邊從冰箱那裡走到床墊這裡來，停了一下。

爲了表示我對這故事有高度興趣，我問他要在哪裡，還有怎麼樣才能打開那第三隻眼，我對第三隻眼的存在可從來沒有懷疑過。但我的問題沒有得到任何回應，因爲男爵開始心不在焉，夾雜不清地又接下去跟我說，朵米蒂拉自從知道自己眞正的身分之後，把她那家美腳美指店給賣了，用賣店的錢開始環遊世界打聽關於自己第三隻眼的消息。

他在卡薩布蘭加遇到她的時候，她已經了解得差不多了。她可以閉著眼睛走路走好幾個小時，可以預見階梯跟下雨，不用轉身就知道背後發生了什麼事，懂得看杯底解讀未來。

就是在他們倆個坐在卡薩布蘭加的咖啡館裡的時候，她看杯底才知道自己回出生地的時刻到了，回到那裡，等事情水到渠成。不過在等的時候，她不能重操舊業回頭開美腳店，要讓那一刻坐在她身邊的男人養她，提早開始過女王的生活，也就是說，從早到晚什麼事都不做，除了打扮自己以外。

說完這些，男爵伸出一隻手放在我腿上，喃喃自語地又說了些什麼天上降下火雨，

羊會講人話，老鷹從雲中飛下來口吐糞便，還說有一座極高的山如果不是傳人就爬不上去，說著說著，他的句子越來越支離破碎、難以理解，最後就躺在我身邊打著呼睡著了。

從那天起我就跟男爵、朵米蒂拉跟兩隻狗一起住在那個房子裡。我之所以會留下來一方面是對那預言微微有些畏懼，一方面是想既然我做的工作跟侍者差不多，那麼每個月月底我應該會拿到薪水，只要不出事，那些錢對我逃亡美國的計劃還是很有用的。

就這樣，根本還來不及想清楚，兩個小時不到我就把那些危險的特技動作拋到腦後，投入安逸的僕人生活。

通常他們倆個早上都睡到很晚才起床，我就在廚房跟大門之間無所事事，晃來晃去。第一個星期，老實說，我也試過睡晚一點再起床，可是沒辦法，因爲我的床墊就在梅菲斯托跟安潔莉卡的狗窩旁邊，天一亮那兩隻就跑來用牠們熱呼呼的舌頭舔我的臉，撲到我身上或繞著我哀哀叫。牠們會那麼做，我想，是因爲牠們以爲我跟牠們一樣是狗，所以爲了不讓牠們失望，我開始假裝自己是狗，會吠，會抓癢，會繞著客廳跑。

我們玩得滿頭大汗，直到朵米蒂拉穿著鮮豔的晨袍、披散著頭髮出現在房門口，拍著手高聲喊說：「塞巴斯提亞諾！早餐！」而我一聽到，就彷彿被鞭子抽了一下，立刻

105

台北市南京東路四段25號11樓

大塊文化出版股份有限公司 收

地址：　　市/縣　　鄉/鎮/市/區　　路/街　　段　　巷　　弄　　號　　樓

姓名：

（請寫郵遞區號）

from vision to fiction

大塊 LOCUS 文化

謝謝您購買這本書！
如果您願意，請您詳細填寫本卡各欄，寄回大塊文化（免附回郵）即可不定期收到大塊NEWS的最新出版資訊及優惠專案。

姓名：＿＿＿＿＿＿ 身分證字號：＿＿＿＿＿＿ 性別：□男 □女

出生日期：＿＿＿年＿＿＿月＿＿＿日 聯絡電話：＿＿＿＿＿＿

住址：＿＿＿＿＿＿

E-mail：＿＿＿＿＿＿

學歷：1.□高中及高中以下 2.□專科與大學 3.□研究所以上

職業：1.□學生 2.□資訊業 3.□工 4.□商 5.□服務業 6.□軍警公教 7.□自由業及專業 8.□其他

您所購買的書名：＿＿＿＿＿＿

從何處得知本書：1.□書店 2.□網路 3.□大塊NEWS 4.□報紙廣告5.□雜誌 6.□新聞報導 7.□他人推薦 8.□廣播節目 9.□其他

您以何種方式購書：1.逛書店購書 □連鎖書店 □一般書店 2.□網路購書 3.□郵局劃撥 4.□其他

您覺得本書的價格：1.□偏低 2.□合理 3.□偏高

您對本書的評價：(請填代號 1.非常滿意 2.滿意 3.普通 4.不滿意 5.非常不滿意)

書名＿＿＿ 內容＿＿＿ 封面設計＿＿＿ 版面編排＿＿＿ 紙張質感＿＿＿

讀完本書後您覺得：

1.□非常喜歡 2.□喜歡 3.□普通 4.□不喜歡 5.□非常不喜歡

對我們的建議：＿＿＿＿＿＿

跳起來，整理衣服，套上圍裙，站到爐子前面，一隻手轉開咖啡壺，另一隻手把鯷魚挾到盤子裡，同一時間用一隻腳打開冰箱的門，把頭伸進去，一秒鐘不到頭再伸出來，嘴裡咬著牛奶紙盒，而每一次，每一次就在我剛把牛奶放到托盤上的那一刻，就聽到客廳另一端傳來朵米蒂拉高亢的嗓音：「怎樣，塞巴斯提亞諾，早餐到底好了沒有？」

於是我加快速度，從碗櫥取出四個杯子，兩個裝牛奶兩個裝伏特加，這些也都是用牙齒拿的，因爲這時候，咖啡已經冒出來了我得關火，不對，這時候我已經在倒咖啡了，一邊倒一邊燙到自己，只能無聲咒罵，好不容易一切都準備好了，我雙手端著托盤得意地往他們的房間走去。

只是房間一片漆黑，我站在房門口猶豫不前，直到我在一團混亂中辨識出男爵龐大赤裸的身體，才能繼續前進。

走到床邊我停下腳步，先向女王彎腰，再向她的同伴彎腰，把早餐放在他們腿上。不過每一次到了那個時候，都會發生一件奇怪的事：我的手一從托盤下面拿開，男爵連眼睛都不睜開，就用他那毛茸茸、熱熱的大手抓住我的手，低聲說：「你乾脆也來這裡躺一下好了」，他的手指沿著我的手腕滑向手肘，彷彿那不是我的手臂，而是一匹懷孕母

馬的肚子。

他那樣撫摸我的同時，我心裡只覺得狐疑，心想有什麼理由我要去躺在那兩個溫熱的半裸的身體之間：我已經穿好衣服了，幾個小時前就睡醒了，如果我眞的想打個盹，可以自己到氣墊床上去睡。所以，爲了擺脫那份尷尬，我退後一步緊接著說，時間不早了，那兩隻狗憋尿憋很久了，要是再不趕快放牠們出去，膀胱可能會爆掉。

男爵靜靜地聽我說話，濃密睫毛覆蓋下的眼睛盯著我看，然後不情不願地從枕頭下面拿出兩條皮帶，爲了怕我逃走，用兩個小鎖把皮帶扣在我的手腕上。

帶狗散步的時間就只剛好足夠讓牠們解決方便問題。回家時，朵米蒂拉裹著一條半透明的浴衣，已經等在門口了。其實她等的是我，而不是那兩隻狗，因爲用小黃瓜跟優格敷臉的時間到了，而這自然也是我——作爲僕人——應該要做的工作。我按照她的指示，拿著一把刷牆壁用的刷子幫她敷臉，優雅安靜的她坐在沙發椅上，而我則用沾滿了優格的刷子刷她的臉，刷個兩三下之後，再把小黃瓜放到她臉上，一面放一面問：「這裡可以嗎？再過去一點？過來一點？」

她還是不開口，用她的手推著我的手，指出放小黃瓜的正確位置。她這麼做，我想，

是因爲擔心她的臉會像壁畫表面那樣，還來不及加冕登上王位，就在時間無情的摧殘下，出現無法修補的裂痕。小黃瓜任務結束後，我還是不能站起來退回到自己的小窩去，因爲她大刺刺地把一隻腳丫子伸到我的兩腿之間，就這麼擺著，彷彿沙灘上垂死的魚，而我得用刮刀幫忙把鱗片刮去。

我第一次穿著制服彎著腰，對著那嬌滴滴的腳趾頭時，還想像自己是幫長官擦靴子的傳令官。只是這個幻想沒能持續太久，因爲就在第三天，我正小心翼翼地幫她去除腳趾硬皮的時候，眼睛還貼著小黃瓜什麼都看不見的朵米蒂拉，伸出手來在前方摸索著，然後搭上我脖子後方，十指交纏緊握，她的手指並沒有因此停下來，反而摟著我的脖子上下滑動，彷彿在測試綢緞的光滑程度。

我一開始還以爲，那是爲了保持她在椅子上的坐姿平衡之類而不得不然的動作，問題是我發現我的腦袋前前後後倒來倒去半天，她都沒有鬆手的意思，於是我確定自己絕對不是傳令兵。突然間，我什麼都看不見，也聽不見，在那幾分鐘的時間裡，我眼中只看到那柔軟的長長的腳掌，躺在我的掌心之中，躺在我的雙手之中，不，那不再是我的手，而是我的身體，因爲我所有的感官知覺都跑到那裡去了，集中在我們皮膚接觸的部

位。

我們就這樣，安安靜靜動也不動，直到她預先設定好時間的鬧鐘響起，提醒我們美容時間結束。聽到鈴聲，我立刻起立站好，輕輕地把她臉上跟眼睛上的小黃瓜片摘掉，而她則如同童話故事中的少女，緩緩眨著那黑色的長睫毛，假裝自己剛從昏睡中甦醒。

只可惜，魔法量身打造的王子不是我，因爲在應該要吐露噁心的愛的告白的時候，女王瞪著噴火的雙眼，聲如洪鐘對著我大吼：「塞巴斯提亞諾！午餐！」我馬上衝進廚房，開爐火，開冰箱。在桌子上切好洋蔥，丟到油裡面，油在平底鍋裡，平底鍋在爐火上，用鍋鏟攪拌翻炒洋蔥，洋蔥開始變成金黃色，而我在鍋底看到的卻是鯛魚，鰨魚，總之，看來看去都是她那彷彿象牙雕成的纖纖玉腳。

就這麼在蒸氣跟爆油之間忙碌一個小時之後，等一切就緒，我就穿著白色圍裙送上午餐。所謂餐桌，不過是一張最多容納兩個人的小桌子，所以我只能端著碗坐在氣墊床上吃飯。

大家或許覺得奇怪，雖然梅菲斯托跟安潔莉卡會搶去我幾乎一半的食物，但我對坐在床墊上吃飯並不以爲意，因爲我可以名正言順地看著桌下美不勝收的小腿跟腳丫。吃

過午飯後，奧烏雷里歐男爵就帶著他的鯷魚跟伏特加，踩著沉重的步伐回房間去小睡片刻，而朵米蒂拉等我把桌上收拾乾淨之後，就靜靜坐在那裡用一副彩色的紙牌算命，一算好幾個小時。

這段時間我並不能陪在她身邊打混，我得幫家裡做大掃除，刷洗廚房跟浴室，清洗窗戶，把門口的地掃乾淨，爲了掃地我只好整理我的床，把氣放掉之後再重新打氣。等所有這些工作做完，天也差不多黑了，梅菲斯托跟安潔莉卡的膀胱又滿了，我得再帶牠們出去散一會兒步。

晚餐，不用說，還是在吃午飯的同一張桌子上吃，我也跟吃午飯的時候一樣，還是坐在地上跟兩隻狗一起吃，眼睛則從我心愛的大拇趾一直看到那可愛的小腿肚。就在其中一天晚餐時分，差不多在我到那裡兩個星期之後，發生了一件奇怪的事，我感覺到，正當我的眼睛盯著女王的腳看的時候，男爵的眼睛則盯著我看，神不知鬼不覺地把我身上的衣服一件一件脫去。

那沉默、壓抑的目光，在他們倆個吃飽、推開盤子，我從床墊上站起來收桌子的同時就消失不見了。我才進到廚房把餐具泡到肥皀水裡面，他們倆個已經在清乾淨的桌子

上玩起西洋棋了。他們每天晚上都要下棋幫助消化，面對面坐著，既沒有笑容，也不看對方，只埋頭移動馬、女王、宰相和塔，移動時或移動完畢後他們會說：「以退爲進！一舉兩得！片甲不留！」一直到男爵高呼：「將軍！」爲止。

這時候，朵米蒂拉會用我聽不懂的語言高聲斥罵，像殺蟑螂或牛虻那樣一拳打在桌上，而棋子會因爲震動掉到地上。那時候我便衝出廚房，跪到地上把棋子撿起來，順便再對她的腳踝跟腳掌做最後的巡禮。

等我把所有棋子收到棋盒裡，他們倆個就站起來，誰也不理誰的轉身回房間，留下我一個人手上捧著棋具。

一直等到他們的房間門後再也聽不到任何聲音，我才躺回到我的氣墊床上。臨睡前，我總是望著天窗最乾淨的那塊玻璃凝視許久，因爲我內心深處還是沒辦法完全相信斯巴達克會帶著我的錢遠走高飛。

只是我既等不到斯巴達克的身影，也沒看到男爵預告的流星雨，夜復一夜，在那一小方天空中我只看見飛機明亮的剪影一閃而過。忽明忽滅的飛機像彩燈，像聖誕樹那樣閃爍；飛機飛過從不墜落，從一邊飛到另一邊，水平前進。

我在那個家待了六十天，然後又待了三十天，始終謹守僕人本分，卻從來沒有看到任何宇宙秩序面臨巨大變革的徵兆。我再也沒有聽到男爵提起那驚天動地的大事，至於朵米蒂拉這位未來的女王則專心致志於占卜跟美容，對那個話題更是絕口不提。

不過，待了三個月之後，我開始覺得有些不對勁並不是因爲那件事，而是因爲從我爲他們工作以來，他們完全沒提過我薪水的事。要我開口去問，我又辦不到。我幾乎可以確定的是，他們倆個會覺得我的要求蠻橫無理，不說分由就拳打腳踢把兩手空空的我趕出家門。

雖然情況不樂觀，但我決定，至少要扳回一成，行動得謹慎，不動聲色，於是我決定要在第一百天的時候採取行動。數字的圓滿在我看來應該是個好兆頭，至少保佑事情進行順利。

從我發現奧烏雷里歐跟朵米蒂拉把錢藏在五斗櫃第三個抽屜裡的一個沙丁魚罐頭裡面開始，我就想好了計劃。第一步是趁他們睡午覺的時候偷偷溜進他們的房間。等我用破絨布包住鞋底，走到五斗櫃前面，慢慢拉開把手，將抽屜打開，把罐頭拿出來，再把錢從罐頭裡面拿出來，然後換成色紙再塞回去。

說實在的，直接拿走整個罐頭放到口袋裡逃走最快也最省事，可是萬一在我還沒來得及遠走高飛之前，他們其中一個打開抽屜發現罐頭不見了，我的下場一定比頭塞在喇叭裡倒栽蔥摔下樓梯還要慘。

但我那樣做，因爲手法巧妙，等他們睡完午覺，我可以照舊帶梅菲斯托跟安潔莉卡去散步，身上除了他們的錢之外，再多藏一把大剪刀，等我們走到陰暗處，看是拱門後面還是大門門廊裡，我就可以一刀把我手腕上的鎖剪斷，只一眨眼功夫，我跟狗狗就分道揚鑣，各自撒腿就跑。

我不知道梅菲斯托跟安潔莉卡逃跑後會做什麼，我知道我自己會跳上第一輛經過的計程車，用手遮住臉，大吼一聲：「去機場！」至於到了機場，我要怎麼避開警察的檢查，是用假名還是躲進別人的行李箱，我決定晚一點再想。

這就是我要在第一百天做的事情。而且不只這些。離開之前，我得把那女人的腳從我腦袋中移除，而移除的方法就是擁有它。當朵米蒂拉坐在椅子上，眼睛敷著小黃瓜片，什麼都看不到的時候，我會用我的唇慢慢從腳趾滑到腳跟，舔過她整個腳背，或許興致一來，一直舔到她的膝蓋。而她，我知道，會假裝把我的唇、我的舌頭當作新的浮石或

刷子，她假裝不知道，我也假裝不知道，我舔著她的腿，一隻眼睛望著她的腳踝，另一隻眼睛則望著桌子上的鬧鐘，就在鬧鈴敲響的前一秒停止動作。鬧鐘一響，我就跟之前的九十九天一樣，若無其事地把她眼睛上、臉上的小黃瓜片摘下來，而她也同樣不動聲色地用她那剛剛從昏睡中甦醒的雙眸望著我。

所有這些我都要在第一百天的時候做到，那一天我將是萬獸之王，我一定會是萬獸之王，只可惜第九十九天早第一百天一步而來。

第九十九天，朵米蒂拉一反常態地一大早就出門要去市場買布做衣服，她前腳一出門，打扮妥當準備齊全卻不用替她修腳敷臉的我就又倒回氣墊床上。我沒有睡覺，肚皮朝天，手枕在腦後，專心在想還有哪些問題要解決妥當，好讓我逃亡美國的計劃無懈可擊。

我不知道自己維持那樣的姿勢東想西想了多久，也不知道自己到底躺了多久，只知道當我正在想該怎麼喬裝打扮才能瞞過警察的時候，聽到男爵房間的門開了，然後不到一分鐘的時間，我就感覺到除了我、床墊跟牆壁之外還多了他肥胖的身軀。從他沉重的喘息聲，我確定壓在我身上的就是他沒錯，但我沒有張開眼睛，我的頭依舊枕著手，動

也不動，假裝睡得很沉。然而並不濟事，因為我立刻感覺到，他瞪著他那狙擊手的斜眼在我身上一塊一塊地搜尋，他看得好仔細，那瞬間，我甚至以為他真的要開槍了，他瞄準、拉開保險桿、扣板機。他真的開槍了，但擊中我的並不是散彈槍的子彈而是他的手，他張開的十根手指準確無誤地擊中了我身體的特定部位。

他的手找到地方後，停留了幾秒沒動，我心想，或許男爵只是要確認我是不是在睡覺，或更糟糕的是，在檢查我身上有沒有偷藏什麼從他抽屜裡拿來的東西。果然，沒過多久，他顫抖的雙手開始在我全身上下游走，前進後退，偶爾會停下來，而我在他時快時慢、從腳踝到脖子的撫摸下，再也沒辦法靜止不動了。雖然天氣並不冷，但我起了雞皮疙瘩，然後我開始發抖，原來抖得還不嚴重，但越抖越明顯，也越頻繁，我抖個不停，而且越抖越久越抖越大，不到十分鐘，我整個人就抖得跟被撞到的音叉一樣。到了那個時候，男爵一把抓住我後腦的頭髮，大吼大叫說：「別裝睡了，你這個騙子！」他邊吼邊扭我的頭，而在他扭我頭的同時，我睜開了眼睛，看到壓在我身上的奧烏雷里歐赤裸著上半身，一身肥肉，乳頭周圍有一堆花白的胸毛。

看到那可笑的畫面我差點忍不住笑出來，我那時候是忍住了，但是當我往下看，發

現他腰間繫了一件用一條條皮料加上圓球做的迷你裙，腳上則從腳踝一直到膝蓋都以皮帶纏繞的時候，實在忍不住笑了出來。他那一身新元老裝扮讓我笑到好像鬣狗在槐樹林放聲嗷叫，不過只有我一個人笑，而且沒笑多久，因為他把我整個人從床墊上拎了起來，我跟他面對面站著，他沒有看我，高聲嚷嚷著說：「別以為你今天早上可以打混，我們要來演即興劇！」

我聽到這句話整個人都嚇壞了。我完全不知道他說的是什麼。我眞的不知道也猜不出來，就在我苦苦思索想知道答案的時候，他把我的外套釦子解開說：「今天我們演塞巴斯提亞諾跟護衛隊」，同時把我的外套給脫了。

接下來他簡單跟我解釋我們要演的故事內容，總而言之，我要逃，而他則帶著兩頭獅子在後面追我，我只要負責逃到房間去躲起來就行了，剩下的都交給他，他扮演的是異教徒護衛隊員。

然後他就用手矇住眼睛，只動嘴巴跟鬍子說：「現在我數到十，你要躲起來……。」他還沒數到五，我已經跑到他們房間躲在朶米蒂拉的大衣櫥裡。躲在那堆束腹、晨衣之間，我突然想到，這遊戲雖然很像躲迷藏，可是又有點怪，眞的很怪。

衣櫥的門不到一分鐘就被打開了，地方才那麼點大，要找到我並不困難，衣櫥的門一開，男爵就勒住我的脖子，把我拎了出來：「服不服輸？」

我沒有立刻認輸，他把我的襯衫脫了，因爲遊戲規則就是這個，每次被抓到就要脫一件衣服。

我們在不同的衣櫥跟壁櫥之間玩這個遊戲玩了一個上午，所有地方我都躲過了，我的心跳到喉嚨跟太陽穴那裡，全身是汗，光溜溜地站在客廳中央。男爵看我像隻青蛙油亮亮地在發抖，只說我最好去洗個澡，然後他沒再多說什麼就回他房間去了。剩下我一個人，往浴室走去，到了浴室，把浴缸裝滿水之後，我就滑了進去。

沒多久我就進入半睡半醒的狀態，要不是男爵出現在浴室門口，我應該會睡著。他出現在門口，不發一語走到浴缸旁邊，手上握著十來朵紫羅蘭，緊握不放，直到他走到我旁邊，我頭上。到那時候，一直等到那時候，他才張開手讓花墜落，一朵一朵，一簇一簇散落，他看著花墜落，我則看著花落到我身上、腿上、鼠蹊部、肘彎、肚子，以及手腕上。

等所有花瓣覆滿我全身跟水面，男爵抓著我的腋下把我從浴缸裡抱出來，抱進他的

房間，沿路留下紫羅蘭的花瓣。來到衣櫥的鏡子前面，他把我放下來，然後跪在我腳邊，無瑕的我，赤裸，覆蓋著花瓣，而他從我的腳開始，用舌頭舔起紫羅蘭，一片一片，從腳踝到鼠蹊部，從鼠蹊部到瘦弱凹陷的胸膛。

整個過程當中，我完全沒有發問，因爲沒什麼好問的，顯然塞巴斯提亞諾跟護衛隊員的結局就是那樣。我赤裸裸的站在鏡子前面這麼想。同樣赤裸著身體的男爵，不知道在想什麼，我不知道，但一定是很投入的事情，因爲大門打開的時候，他沒有聽到，完全沒有察覺有人進來了，甚至沒有察覺到有人正快步往房間走來。一直等到朵米蒂拉打開房門，手中捏著紫羅蘭花瓣站在門口說：「啊！」，他才反應過來。

5

我跑到大街上的時候，身上僅穿著倉皇逃跑時順手抓到的衣服，一條短褲和一件男爵的汗衫。我跑了一陣之後，爲了不引起路人側目，我放慢了腳步，手插在口袋裡若無其事地吹著口哨，一直走到公車站牌那裡。正好公車來了，開門，爲了儘快遠離那個地方，腦中還一片空白的我跳上了車。找到位子坐下後，驚嚇加上奔跑，筋疲力竭的我陷入不安的半睡半醒狀態，一直等到車子開到終點站熄了火，我才醒過來。

下了車，看著周圍群簇的花園洋房，我發現自己來到了城郊的住宅區，從帶有鹹味的陣陣微風，我知道離海應該不遠。

沒有明確的目的地，得花點時間好好想想接下來做什麼，我在那些洋房別墅之間慢

吞吞地走來走去，漫無目標，但天氣實在太熱，我忍不住加快了腳步。

這時，我的目標是找個陰涼的地方好躺一下，我到處找，不到半個小時就找到了。我看到一片鐵柵門，門後是綠蔭處處的花園，花園中央則矗立著一棟別墅，看起來已經荒廢多年。

總之，爲保險起見，我先環顧四週，確定方圓一公里之內都沒有人之後，才輕輕推開大門溜了進去。可是進去之後，我並沒有隨便找個樹蔭就睡下，大概是心裡偷偷在想家吧，我迫不及待先找起椴樹跟涼亭來了。雖然沒有找到椴樹，但在房子後面看到了覆蓋著紫藤花的白色金屬涼亭，跟那曾經屬於我的涼亭一模一樣。就在我準備進去的時候，卻看到了一位老太太從那裡面走出來。我一看到她就往後面倒彈了一步，而她卻拍起手來高興地說：「喔，終於來了！我眞擔心你不來了！」

我還在想，搞不淸楚這裡是哪裡就給她一拳，把她撂倒，然後拔腿就跑這個做法應該不太好的時候，身體卻已經向她微微一躬身，綻放燦爛的微笑，伸出手來說：「雖然遲到，總比不來好……」，這一招奏效了，因爲老太太很客氣地點了點頭，就帶著我往房子走。

等我在一壺冰茶前面坐定之後，我從老太太那兒得知她叫瑪姬，是英國人，她出生在英國東岸斯特拉柏格湖跟金諾第湖中間的一個小鎮上，佛羅索鎮。不過她很年輕的時候，因爲嫁給一個義大利人，就搬來這裡住了。她先生是糕餅師傅，她說，不過在六個月前離開了，悄然無聲地飛去跟大、小天使作伴，留下她一個人。在遇到她先生之前，她唯一的愛就是甜點，只是那份刻骨銘心的愛卻是苦澀的，因爲儘管英國是全世界最美的國家，甜點卻糟透了。

所以，她心中總有著淡淡的惆悵，直到有一天她走進工作的餐廳廚房，看到了她未來的丈夫搖搖晃晃坐在梯子上，正在用糖衣妝點一個巨型大蛋糕，在那瞬間，她已經知道那將是她生命中唯一的男人。兩個人如果是在捷運站或公園椅子上相遇，她可能完全不會注意到他，因爲他不過就是個一般的義大利人。可是看他站在那裡，在堆積如山的奶油跟糖漬栗子，在甜奶油花跟海綿蛋糕之間工作，他立刻就變成了她心目中世界上唯一的美男子。

總之，她對他是一見鍾情，而愛神的箭同樣也射中了艾托雷，這是糕餅師傅的名字，在那之前，他從來沒遇過任何一個女子像她那樣，聞起來有果仁餅和核桃餅的味道，牙

齒彷佛杏仁果，皮膚如此滑潤柔軟，好比甜點上的慕斯。

一個星期後他們就結婚了，隔天便離開佛羅索鎮，來到她丈夫的家鄉。他們一到義大利，就住在現在我跟她坐著的這個客廳所在的房子裡，艾托雷用所有的積蓄買下了市中心的一間小糕餅舖。頭幾年，他日以繼夜地工作，烤了無以計數、各式各樣的奶油捲、脆餅、夾心餅乾、萊姆蛋糕，還有凍布丁。他在蛋糕模跟烤箱之間身手矯健準備各種美味甜點的同時，她則跟所有愛花愛草的英國女子一樣，埋首在花園中工作，翻土、犁地，把所有雜草拔個一乾二淨。

每天晚上艾托雷回家的時候，手中總會帶著一小盒脆餅跟奶油捲，常常還會有他自己研發出來的新的甜食。而那些形狀材料每次都不同的新甜點，既不叫杏仁彎月，也不叫野莓塔，永遠都叫瑪姬，因爲每一次他在揉麵團或攪拌栗子餡的時候，都會想起她，想起她身體的某部分，或她臉上的表情。

她當然也不例外。每天晚上聞到淡淡的紅酒跟香草香，她就知道艾托雷快到家了，提著籃子就跑到花園去爲他剪下最美的花，那朵花的每片花瓣都紀錄了她那天的心緒或天空中斑爛的雲彩。

他們在一起的日子，表面上看起來單調無味，實際上雖不奢華，但很平靜。那歷久不衰的幸福沒有秘訣，要說有秘訣，那麼唯一的秘訣就是，他們倆個都全心全意愛著糕餅跟園藝，他們對夾心餅乾跟大理花的關心正如對彼此的愛。

只可惜，瑪姬說到這裡，那雙藍色眼睛突然黯淡下來，艾托雷不在了，他走了，感謝上帝，他的離去維持了生前一貫的優雅，艾托雷腦溢血的時候，他人在梯子的最後一階上，為市長女兒的結婚蛋糕妝點櫻桃跟糖衣。根據他助手的說法，艾托雷摔下梯子的時候沒有發出任何呼喊，安安靜靜，張開雙臂彷彿天使，要不是跌落過程撞擊蛋糕，使得奶油四濺，大概根本沒有人會察覺。

事情發生之後，警方自然展開了調查。只要不是死在自家床上總得調查一番，好確認他摔下來真的是因為身體不適，而不是哪個技不如人的糕餅師傅出於嫉妒動了手腳。雖然調查結果沒有人涉案，但隨即又有人開了新的調查案，調查第一助手是否涉有嫌疑。因為艾托雷消失在奶油堆中時，這個助手不但沒有把蛋糕鏟開，把人拉出來，反而爬上梯子，跟其他人一起欣賞那無懈可擊的殞落痕跡整整兩分鐘。

經過仔細檢查，確定在艾托雷的氣管或肺部內，都沒有任何會導致窒息的異物或糖

果，也就是說，艾托雷在跌破一層又一層蛋糕之前已經死了，這個案子才宣告結案。他走了，純然只是因爲他走完了他的人生旅程，而她面對這重大打擊，雖然因爲分離而痛心，卻喜悅依舊，眞心喜悅，因爲她知道，她先生意識清醒的最後片刻看著自己朝奶油步步逼近，一定很享受那樣的結局，不是因爲生命結束，而是因爲生命以那種方式結束，彷彿神奇的圓，結束了和諧的一生。

對，是這樣沒錯，她對這點比對自己栽種的玫瑰還要有信心，死在不對的地方，一個不屬於自己的地方，是最嚴重的懲罰。舉個例子，如果艾托雷死在修車廠裡，臨死前看的是被拖車拖著走的卡車排氣管，那他絕對不會安心的。她在他走了之後的那幾個月，曾經灰心喪志，甚至傷心到有好幾個月的時間都棄花園於不顧，每天晚上都像頭倔強的老驢子跑到柵門那裡去等，手中緊握著如雲彩般斑爛的花朵。

直到春天的一個早晨，她打開窗戶一看，發現原本如茵的草地變成了雜草蔓生、鼴鼠亂竄的荒原，看到這個景象，剎那間她想通了，要想留住她對丈夫的鮮活記憶，唯一的方法就是照顧花園，還有照顧她自己的腦袋跟心理。

可是幾個星期以來，神不知鬼不覺的，彷彿蛀蟲鍥而不捨、不動聲色、一點一滴地

從外而內啃蝕著花朵，她心裡一直覺得自己快要離開人間了。她並沒有哪裡不舒服，相反的，她覺得自己神清氣爽；讓她起疑心的是一些小小的徵兆，有點類似下過雨後的玫瑰意識到自己即將凋零的那種感覺。

所以她決定返回家鄉佛羅索鎮，她得在告別人世之前處理一下家裡的事。她回老家不會超過兩個月，因爲她希望自己是在摘下花園裡最美的花朵那瞬間死去。然後，她就可以手握著那朵花，穿過雲彩穿過大氣層，往天空飛去。飛呀飛，一直飛到那遙遠的永恆之地，在那裡，所有生前在一起的人，死後會再度聚首，永不分離。那朵花，自然是爲了相認，因爲在那混亂的人群中，既沒有嘴可以呼喚，也沒有手可以揮舞，她跟艾托雷極有可能明明就在對方身旁，彼此卻擦身而過，視而不見，所以用花當信物是絕對必要的。

所以，她透明的手握著那些緊閉的花瓣，一聞到空氣中紅酒跟香草的香氣，她就會往香氣的方向移動，而艾托雷看到那朵花迎面而來，不用一秒鐘就會知道是她，是瑪姬，他的小點心來了，他會跑上前去迎接她，從那一刻起直到最後的審判號角吹響之前，他們都會互相倚偎，再也不分離。

說完這些，瑪姬垂下她玫瑰色的眼眸，膝蓋上的手緊張地揪在一起。坐在她對面的我專心聽完了整個故事，心裡想，再過一分鐘，我就假咳一聲，等手從嘴巴上移開，我就站起來，謝謝她說了這麼一個美麗的故事，然後離開。我心裡這麼想，結果就在我把注意力集中在氣管上那微微的搔癢的時候，她卻先咳了，她張開眼睛嘆了一口氣，然後說：「所以，就照我們在電話裡面說好的那樣，您在我不在的時候負責照顧花園，不要讓麻雀或其他入侵者傷害它，該修剪玫瑰跟矮叢的時候就要修剪，要翻土、犁地、澆水，等我回來的時候，我要看到一切都跟我走的時候一樣，沒有任何差錯。」

釐清了我的工作內容之後，她問我酬勞怎麼算，是整筆算，還是算鐘點費，而我在吱嘎作響的椅子上沉默片刻後跟她說，我很樂意接下那份工作，因爲我，跟她，還有可憐的艾托雷一樣，儘管方式不同，也希望能完成美滿的生命之圓，所以等她回來之後，我要的不是金錢，而是一張飛往美國的飛機票。

聽了我的要求，她有些猶豫，雙手托著下巴，有五、六分鐘不發一語。我正要開始擔心她看穿我是個騙子，會叫警察來的時候，她深深嘆了一口氣說，這種付費要求挺奇怪的，不過她還是同意。談定之後，我們繞著花園走了一圈，好讓我知道暖爐跟工具在

哪裡，還有不同植物跟灌木各自的需求。

當天晚上，瑪姬帶著兩個行李箱和六個帽盒坐上計程車離開，留下穿著短褲汗衫的我一個人佇立花園中。

我自然不是眞的園丁，不過我可以稱得上半個園丁，從小躺在椴樹下或凹洞裡，我一整天眼睛都跟著園丁轉，看他慢吞吞卻俐落的一舉一動。所以我知道要讓一個花園成爲花團錦簇、香氣四溢的視覺兼嗅覺的饗宴之前，必須先面對無止盡的戰役，要跟瓢蟲、螻蛄作戰。那是一場苦戰，戰況激烈，大意不得，而兩方爭奪的是花是草，是它們的成長茁壯。除了這個基本認知外，我還懂不少東西：怎麼翻土，如何用茅草跟灑了柏油的紙板給植物禦寒，什麼時候播種、什麼時候採收，接枝有劈接跟插接，我還會單手用大剪刀跟截枝刀。

總而言之，我什麼事都沒做就變成了幾乎無所不知的園丁，也正因爲如此，我在接下這份工作時沒有半點遲疑。

腦袋裡想著這些東西，走在輕柔草地上的我卻絲毫不敢耽擱，直奔儲藏室。我知道園丁生涯中每浪費一分鐘，即使不會立刻被打敗，也等於在爲失敗鋪路。

我一打開儲藏室的門，就在一片漆黑中發現，那裡完全沒有窗戶，我只好讓背後的門開著，接著開始仔細打量室內，因爲從那個晚上起，儲藏室就是我的棲身地。

室內很簡陋，除了必須的工具外，只有一個燒柴的黑色暖爐，一支鐵絲衣架，一個胖胖的金屬洗臉盆，臉盆下磷酸鹽紙箱之間，有一個裝滿了乾草跟枯葉的麻布袋，我知道那就是我的床了。結束了簡短的探視，在出門準備上戰場前，我穿上了吊在衣架上的紅色工作服。那是一件拉拉鍊的工作服，到處都是洞跟口袋，穿的時候我才發現，衣服大到得先把手腕跟腳踝處的衣服捲起來，否則我根本沒辦法走路。

就這樣，在那炎熱八月天的黃昏時分，我悶在一件火紅色的工作服裡面，彷彿瘦到只剩一層皮的撒旦，走出儲藏室，打開水管跟洒水器的水龍頭，開始我短暫的園丁生活。

我要是沒有園藝概念，大概就不會在那個時間澆水了吧，我很可能會在正午時分，一邊戴著帽子扯著喉嚨唱歌，一邊給花澆水，因爲我會以爲植物跟人和動物一樣，陽光越炙烈的時候就越需要喝水。我如果那樣做的話，不用一個星期，整個花園就會在我難以置信的眼前變黃，接著變黑，先腐敗，然後枯萎。

面對那驟然的改變，我一定會以爲是什麼敵軍使的暗招，看是蚜蟲作怪還是貪婪的

螻蛄好吃的結果，然後毫不猶豫地拿著殺蟲劑罐子，這裡、那裡噴灑大量毒藥，在所有植物身上都灑滿農藥。在所有植物身上都灑農藥，等於直接扼殺了它們，可我還完全沒想到自己就是屠殺滿園植物的無辜兇手。想到這裡心情就好起來了，幸虧我內行，所以這一切都不會發生，至少有那麼一次，我能夠完整無誤地完成生命中的一段弧線，我打開了所有的水龍頭，握著水管，踏著大步往花圃走去。

我用大拇指壓住水流，對著每一株植物，先撒下濃密的水珠，再換成輕柔的小雨，等每一朵蓓蕾都掛滿了珍珠般的水滴後，我再把水管對準土壤，滋潤根與球莖。當我在花壇跟花壇間跳來跳去，爲花跟矮叢解渴的時候，我發現那些在春天曾經燦爛綻放的花朵，現在已漸漸萎縮幾近枯萎。爲避免它們破壞美麗畫面，我將它們一株株拔起，然後到儲藏室取手推車，到溫室去把矮牽牛跟翠菊推出來，種回先前拔掉植物的地方。

做完這些工作，我發現太陽幾乎已經完全不見蹤影，既然對園丁而言，天黑是他唯一可以閉上眼睛休息的時候，我便關掉洒水器，用手推車將所有工具推回儲藏室。等我將所有東西都歸定位之後，我站在門口，聽了一會兒蟋蟀低鳴，其中間歇規律傳來紅角鴞鳥憂鬱的單音鳴唱。爲了在枝椏間找尋鴞鳥的蹤跡，我揚起頭，抬目上望越過樹梢，

我眺望天空，雙眼因爲看到流星火紅的尾巴而迷濛。那顆流星就跟其他星星一樣，殞落卻從不落地，我還是不知道原因。不過雖然不知道原因，我還是閉上眼睛，跟大家一樣許了一個願。希望下輩子能過平靜生活，無風也無雨。

接下來的日子，除了入夜之後，我一刻都不得閒，即使在八月最酷熱的陽光下，園丁的工作也不能稍有懈怠。除了要跟昆蟲長期抗戰之外，我還要爲冬天做準備，爲之後來臨的春天鋪灰、種酸漿植物，還有，給玫瑰插枝，給蕃茄跟雛菊分枝，修剪葡萄。

等我忙完所有這些工作，汗流浹背的我一心只想躺在草地上打個盹，卻又得跑去打開灑水器的水龍頭，再跑回來抓著水管，像隻羚羊在一簇簇的花叢之間跳來跳去，花上至少一個小時澆水。

等到了晚上，筋疲力竭的我，身上還穿著工作服就不支倒在麻布袋上，連枯葉乾草窸窸窣窣的聲音都來不及平息，我就已經沉沉睡去。

其實，也不能說我眞的睡得很沉，因爲在夜半人靜時分，我的耳朵卻常常聽到成千上萬隻螻蛄啃噬的聲音，我看著那些蟲子瞇著眼睛一副心滿意足的樣子，貪婪地吸吮著攸關植物生死的樹液。我不僅看得到也聽得到，聽它們咕嚕咕嚕、嘎吱嘎吱地大吃大喝，

像龍捲風或暴風過境，這些聲音逐漸大到震耳欲聾，變成我身體裡面唯一的律動時，躺在床上的我會突然驚醒。

然後我發現，那不過是個惡夢，爲了不浪費寶貴的睡眠時間，我一個翻身抱住布袋，可是就在我快要睡著之際，突然覺得我身體下面一陣騷動，整個床抖個不停，彷彿附近有挖土機開挖，接著麻布袋大力一彈，我的腳飛到半空中，但是揮舞著雙手的並不是我，而是一隻巨大的鼴鼠。

隨著日子一天天過去，我越來越晚起床，白天在花圃中走來走去時常常精神不濟，不是踩到東西摔一跤，就是絆到自己的腳，而且有好幾次，我摔倒的時候把整叢花都壓扁了。我差不多輾轉反側了一個月之後，意識到假使自己繼續那樣把全副心力都放在花園上，我就死定了，以英雄之姿無聲地臥死菊花堆中。那八成就是我的死法，而我如果死了，花園也會隨之結束生命，幸好白晝越來越短，秋天的來臨也帶來了穩定的雨量。

每天下午，三點到五點都會下雨。一點的時候，我像哨兵那樣爬上門前的櫻桃樹，手遮著前額，看著東北方第一朵雲的出現，那些零散的卷雲漸漸集結，先變成明亮、泛著珍珠光澤的雲彩，再變成來勢洶洶的烏雲。這時候，不知道從哪裡吹來一股風，枝椏

開始晃動，那風一開始撫過葉尖和草地時無比地輕柔，卻慢慢變得凶狠疾勁，並帶來少見的、沉重的第一批雨滴。於是我退回儲藏室，躺在麻布袋上，側耳聽上一到兩個小時雨水敲打萬物的聲音。我可以分辨各種聲音，密集的叮噹聲，是雨水打在鐵皮屋頂上的聲音，雨滴落在松針上的聲音則細不可聞，有回音的是夾竹桃狹長的葉子，落在榆樹葉片上只會有溫柔的窸窣聲。我可以分辨的還有雨水打在山牆上清亮的聲音，歐洲七葉樹的果實從果莢滑落掉在地上時，此起彼落清脆的聲音。

大部份的花遭逢落雨，並不會以堅實的花瓣去抗爭，反而紛紛被打敗，一片接一片花葉失色地墜入濕答答的泥濘中。所有花卉中能夠堅持到底的就只有玫瑰，在結實花梗、粗壯纖維的支撐下，它彷彿暴風雪中的瞭望塔，任憑雨水敲打，每挨一擊，只還以微弱的滴答一聲，等到它勻稱多肉的花心泡爛了，第一股冷風吹來，那株虛榮、狡猾的植物便只剩下光禿禿的枝梗。

下過雨後，我都會巡視一圈，看看損失情況，我拔起當場陣亡沒有救的植物，丟到手推車上，累積十來株之後，就連花帶葉，送進火爐燒掉，化爲下一季的養分。

洒水器跟水管都英雄無用武之地，我把它們拆了，用麻繩捆好收進儲藏室，還有農

藥噴灑器也都收起來了，因爲從那一刻起，潮濕跟寒冷才是我的敵人。寒冬會是下一個殺手。

看起來我的負擔有部份得到了舒緩，有好多時間，我都躺在儲藏室裡，數著我刻在樹幹上那紀錄瑪姬還有多少天才會回來的記號。

日子一天天過去，花園裡荒蕪的區域越來越大，大到即使不下雨，我也無事可做。漫長的等待中，我習慣坐在儲藏室外的樹幹上，後腦枕著雙手看著眼前的花園，直到夜幕低垂。

我就是在遊手好閒，坐在光禿禿的枝椏跟殘葉間的那段時間中，認識盧克雷齊歐的。

我是在一個時光停滯的午後察覺牠的出現的，沒有風，但楓樹樹梢的枝椏卻晃動起來，先是微微一顫，然後左右搖晃，這邊還在搖，旁邊核桃樹的枝椏也跟著彈跳了起來。我感到好奇，便從我自己坐著的樹幹上站起來，換到核桃樹上，我插著腰，抬頭在孤零零幾片褪了色的樹葉間尋找，卻什麼都沒看到。我本來還以爲是我太寂寞，產生了幻覺，就在這時候，牠擺動著彷彿火舌的大紅尾巴，從這樹枝滑翔到另一樹枝，一直往我的方向滑來，等牠來到我的正上方，便用牠圓滾滾的黑眼睛跟我對看，那是一隻松鼠。

我們就這麼對看了兩分鐘，我抬著頭上望，牠低著頭下望。我看著牠，並沒有叫牠。我不出聲，因爲我知道動物最怕人的聲音，對牠們來說，人的聲音並不悅耳，只是一堆亂糟糟的聲響。我沒出聲，牠卻先開口了，好奇的牠搖擺著身體跟我說：「敲，你糗。」

牠說的那幾個字淸晰有力，我直覺認爲那是友好問候，爲避免失禮，我絞盡腦汁想要找出適當的回答，好讓牠知道我對牠也有同樣好感。可是我還來不及吐出任何音節，那隻松鼠已經搖著牠火紅的尾巴消失在枝椏間。

那天晚上直到深夜，我滿腦子都是那隻消失在枝葉間的囓齒動物，我邊想，邊跟自己說起話來。爲了在我這齣獨角戲裡面能夠分辨我們之間的一問一答，我給牠取了個名字，叫盧克雷齊歐。

我不知道那天晚上，棲身在儲藏室附近的那隻松鼠，是否豎起了牠多毛的尖耳朵聽我說話，也不知道是否因爲如此，所以第二天早晨，牠又再度出現。總之，那天我背著殺蟲劑桶，百般無聊地對著僅存的玫瑰灑藥的時候，看見牠頭下腳上沿著一株槐樹樹幹往下爬，牠偶爾會停下腳步，搖搖尾巴搖搖頭，等牠距離地面一百五十公分左右的時候，伸出尖爪，縱身一躍落在草地上，然後以後腿站立，時跳時停地往我這邊走來。

從那天開始，我們每天都會碰面，而且一天見上好幾回。不用說，自然不是我爬上樹去見牠，而是牠想見我的時候便爬下樹幹，時跳時停地走到我身邊來聽我說話。

我開始講話，但講的並不是我生活中發生的種種，像奧斯卡的意外，或斯巴達克的不告而別，牠肯定沒有興趣，我都在自問自答。所有那些問題之中，我會拿出來問牠的，都是我從來沒有問過別人的。

我問牠的問題有，爲什麼星星會從空中殞落，星星殞落的線條是怎樣的，是像拋物線那樣的弧線，還是一直線；我問牠，我們是不是跟星星一樣，要想前進必須遵循一定的航向，如果眞是如此，那麼，拋物線跟直線哪一種才是正確的呢？如果是直線的話，可以在任何一點中斷而不影響其完整性，但如果是弧線，不管爲了什麼原因在完成前中斷，就會永遠像殘肢那樣懸置不前。我問牠會不會松鼠走的是直線，而那些有聲音的生物走的則是弧線？爲什麼弧線常常起了頭就中斷？爲什麼世界上充斥著停滯在半空中的弧線，像被地雷炸掉的拱橋，被洪水沖走的小橋。我還問牠，世界上到底有沒有人在主宰這些幾何線條？

我問牠，爲什麼牠有眼睛，是不是因爲如此，所以我可以跟牠講話，而當我看著玫

瑰時卻啞口無言？我問牠什麼是眼睛，爲什麼可以看，而牠在漫長的冬眠期間，低垂的眼睛看到了什麼，看得見還是看不見，如果看得見，牠看到的、只存在在牠眼睛裡的東西是從哪裡來的？我問牠，我從哪裡來，牠從哪裡來，我還問牠，那把我們兩個牢牢抓住的橢圓形地球要到哪裡去，陀螺爲什麼會自轉，而且可以從地球的一頭轉到另一頭，爲什麼地球轉個不停都不會出軌，萬一有一天它出軌了，我們會發生什麼事？我們會不會掉進黑暗死寂之中，墜落再墜落，永恆墜落，還是說有一天，即使已經無晝無夜，我們會撞到某個東西，例如說撞到一面牆或一個角，萬一撞擊後，我們碎成片片，接下來又會墜入哪個空間，我們究竟會去哪裡，墜落何處，哪裡才是我、牠，跟核桃樹共處的那個地心燃燒著熊熊烈火的地球漫漫旅程的終點？

我問了盧克雷齊歐所有這些問題，當然不是一次問完的，我分成好幾次問牠，之間總是留有足夠的沉默跟時間讓牠回答，牠搖著牠的尾巴，語氣肯定，聲音明亮有力地回答了我每一個問題。

我跟盧克雷齊歐走得越來越近，關係越來越好，好到有一個星期，我完全沒有想到要看時間，其實兩個月早已過去了。我之所以有所察覺，是因爲有一天早晨，我走出儲

藏室，一陣強風吹來，我連門把都握不住，寒風鑽進我的工作服裡，用它冰冷的手撫摸我。在寒風撫摸下，我立刻全身發抖，牙齒打顫，就在我全身打哆嗦的時候，一片七葉樹的葉子蓋住了我的臉，停留了幾秒鐘後往地上飄落。

我抬頭一看，發現除了松針外，所有葉子都在空中飛舞，有的快有的慢，梧桐樹跟七葉樹的葉子彷彿跳舞一般，順著左右搖擺的節奏落地，莨蘇花跟槐樹的葉子則踏著羽毛般輕盈的舞步，橢圓迴旋下墜，這時候所有落葉群集起來，在花園裡，這邊、那邊地盤旋飛舞。我呆看著那黃褐跟火紅的滿天落葉，只一會兒功夫，我的大拇指就開始發麻，麻到我幾乎感覺不到它們的存在，所以我趕在自己身體一塊塊凍僵掉落之前回到儲藏室去，翻箱倒櫃尋找任何可以蔽體的被子或破布。這時候我的腳趾跟腳踝已經悄悄失去了知覺，幸好我想到那席床鋪中有乾草枯葉，馬上將它們從麻布袋裡面倒出來，塞到工作服裡面，否則我的膝蓋大概也不保了。

就這樣，我變成了專嚇麻雀的稻草人，爲了禦寒，我在大腿那裡塞滿了乾草就出門去看盧克雷齊歐了。我們兩個已經變成好友，只要牠一不在我身邊，我就覺得日子枯燥無味。

我站在門邊等了一會兒，在松樹深綠色的針葉和楓樹僅存的紅葉中搜尋牠的蹤跡，可是枝椏晃動卻全都是因爲風，於是我用手圈在嘴巴周圍，開始呼喚牠。

我大聲喊，小聲喚，往空中丟核桃，我呼喚了許久，希望越來越渺茫，因爲一反往常的是，除了樹葉窸窣的聲音外，我只聽到沉默。我曉得冬眠的時候到了，盧克雷齊歐跟其他松鼠一樣，也得蜷著尾巴窩在樹洞裡過冬。

儘管如此，我還是不肯回到儲藏室，固執地站在那裡等牠出現，因爲我相信牠至少會再從核桃樹或槐樹爬下來一次，搖著牠凍僵的小手，趕在冬眠前跟我道別。只是我們這次道別將充滿離愁，因爲幾乎百分之百可以確定的是，等牠春天醒來，我已經離開那花園，跑到數千公里外、海洋另一端的美國去了。

我站在門邊，心裡想著，我對牠的回憶永遠不會磨滅，因爲我們兩個之間的友誼，讓我們像拼圖裡緊鄰的兩片彼此契合的時候，突然聽見空中遠遠傳來低沉的隆隆聲。懷著期待新訪客的心情，我抬頭看見樹梢上方掠過一架飛機的身影。

飛機飛得好低，但看起來很遠，所以一開始，我還以爲是遙控小飛機。直到我們相距不到一公里，飛機突然俯衝下來，眼看就要向死神報到的時候，我才發現自己看錯了。

我用雙手捂住耳朵，再閉上眼睛，背抵著門，準備迎接飛機墜毀的那一刻。

過了二十多秒之後，我感覺到一股不自然的強風吹到臉上，風夾帶著樹枝落葉，還有螺旋槳轟隆隆的聲音。我略帶遲疑地睜開眼睛，看見飛機機腹正掠過松樹樹梢。那瞬間我腦中閃過的念頭是，飛機一定來不及停下來，所以再過沒多久，我就會跟儲藏室一起炸個粉碎。我以最後的力氣緊握拳頭跟雙眼，彷彿等待被處決的死囚站在牆前面，等待飛機當頭落下，把我切成碎片。

在那短短幾秒鐘內，我努力回顧自己的一生，果然，從凹洞到盧克雷齊歐的尾巴都出現在我眼前，而且我不只回顧了一次，是一共回顧了六次，當所有畫面在我眼前閃過第七次的時候，突然風停了，隆隆聲也沒了，花園中一片寂靜，寂靜中傳來了彷彿世界上唯一的聲音，飛機頂蓋嘎吱一聲打開了。

把弧形頂蓋往後推，然後走出機艙的男人很高，一副無精打采的樣子，皮膚黝黑，還留了兩撇黑色八字鬍。他身上只穿著一條綠色短褲，跟一件飛行員夾克。他下了飛機，對我視若無睹，對他毀掉的三百公尺長草坪也沒有表達絲毫歉意，就連忙去檢查機翼兩端的備用油箱。他用指頭敲了敲油箱，低頭側耳傾聽，好確定那裡面的汽油是不是滿的。

他忙著檢查油箱的時候，我雙手插腰站在門邊，惡狠狠地瞪著他，準備臭罵他一頓。

我站在那裡，心想他遲早會發現我，卻想起我在工作服裡面塞滿了乾草活像個稻草人，也就是說我如果不動，他根本不會知道我是個人。我把褲管裡面的乾草抖掉大半，悄悄往飛機走去，走到螺旋槳旁邊後，我就用手肘撐在機身上。

我站在飛機旁邊，而他卻整個人仰臥在飛機下面，我居高臨下只看到他的下半身，一雙擦得雪亮的大皮鞋，還有長到膝蓋的羊毛短褲。過了兩分鐘，他開始扭動身體，準備從機腹下面鑽出來，鑽啊鑽，他終於站起身來，我褐色的眼睛終於跟他灰黑色的眼睛四目交望。他看到我，什麼話都沒說，也沒有因爲詫異而揚起眉毛，他看著我，彷彿我自始至終一直站在螺旋槳旁，手肘撐在機身上，等過了一分鐘，他在褲子上把手擦乾淨以後才說：「情況比我想像的好，只是油料標示指針壞掉了。」然後便微笑，露出他超白的牙齒，又補了一句說，他叫亞瑟，是考古飛行員，因爲懷疑機械故障才會緊急迫降。

聽他說完，我不但沒有臭罵他一頓，反而也跟著笑了，我不知道自己爲什麼要笑，我很氣自己這樣莫名其妙的笑，總之我笑了，換我跟他介紹說，我叫盧本，是照管這個花園的園丁，我正準備簡單解釋給他聽，我爲什麼會在那裡的時候，枝椏間落下豆大的

雨滴，下雨了。他衝向飛機，關上駕駛艙頂蓋，等他一關好，我們兩個人就一起往儲藏室跑去。

到了室內，他二話不說就把手推車翻倒，一屁股坐在上面，我則坐到他對面的割草機上頭。我坐在那裡，看著他，心想這個在冬日早晨從天而降的男人到底是誰，考古飛行員又是什麼東西，我本來準備回答自己說，那八成是專開古董飛機的飛行員，而他這時候嘆了一口氣，伸了個懶腰說：「這項任務太累人了。」

他口中所說的任務，是指在埃及亞歷山大城跟西西里之間要完成的一項考古勘查任務。所謂考古飛行員就是開飛機的考古家，飛機上載著精密儀器，在考古區域上空飛來飛去。飛的時候要壓低高度，要飛得慢，在同一個地方來來回回地飛，用紅外線跟感應放射碳的儀器偵測。只有那樣，才能夠在山谷的山凹裡發現古廟遺跡，或在緩坡上找到古羅馬舉行腸占卜的場所，這些都是人在地面上隨便一瞥無法有所察覺的。

不過他在所有考古飛行員之中，扮演的是一個比較特別的角色。因爲他在空中尋找的不是石板路遺跡或埋在地下的陶罈，他在雲間尋找的是迷路的話語，所有那些沒有被紀錄在羊皮紙上的話語，它們自亙古以來，就一直在空中漫無目標地飛舞。在所有考古

學研究中，他研究的這一支是最新的，興起至今大概只有兩年或更少的時間，主要是因爲一群西伯利亞研究中心的學者認爲，聲音是一種功率波，可以將能量從一點傳遞到另一點，他們發現，人一旦發出聲音之後，聲音並不會消失，所以話語在震動聽者的耳鼓室的同時，以波浪狀的正弦律動，接次昇向天空。所以不論是單字或完整的論述，都會像汽球一樣飄向空中，像蝴蝶或像柔夷花那樣，在雨雲跟積雲之間翩翩飛舞。所有話語就這樣一串串騰空飛去，消失不見，然後再度相遇，從宇宙洪荒開始，從狐猴經過漫長的演化跟修正變成人開始，那人因爲受到驚嚇或情緒波動，扯緊了小舌跟喉嚨，捲起舌頭，說了第一句話語。

可惜的是，到現在他都還沒有找到那句話語的蹤跡，也不知道那第一句話語說的到底是什麼，因爲那個話語一講出來，就飛到空無一物的空中，稀薄的空氣中只有氫跟氦，不到一秒鐘的時間就消失在大氣層的最高處。

總之，自從那個不知名的話語在太古時代說出來之後，所有的單音或感嘆詞都保留得好好的。有點像飛到空中的太空波，把地球跟大氣層盡頭之間的空間塡得滿滿的，而且跟岩石、化石一樣，層層分明，分層的標準不是氣壓，而是傳遞波浪狀正弦波的溫度

及能量。經歷了數百萬年之後，一層又一層的話語變得十分緊實，整個天空彷彿一個碩大的洋蔥，在薄到幾不可察的莖鱗皮下面是洋蔥厚厚的果肉，厚厚的果肉下面是莖鱗皮。洋蔥的每一層都代表著不同的文明與時代，之所以不同，是因爲每一個時代跟文明都有不同的表達能量。有的時期幾乎完全靜默不語，有的時期則都是小心翼翼的耳語，有喋喋不休的時期，也有像我們這個多樣的時期。我們這個時代是屬於多樣的，這是他去年的研究發現，不知道爲什麼，在地球上這麼多吵雜的聲音裡面，只有一小部份會飛到大氣層裡，這個現象明顯違反了波浪狀正弦律動定律。根據觀察，只有從人的嘴唇說出來的話語才會升天，也就是說，話語升降梯不開放給擴音器、收音機、電視機的聲音搭乘。

至於爲什麼透過電阻跟麥克風說出來的聲音不適用律動定律，理由很簡單，儀器會削弱聲音推進的力量，讓聲音出來的時候變得微弱而憔悴，所以到達太空後的律動不是上升而是下降。這些有氣無力、疲軟的聲音像石榴種子掉落地上，再繼續下沉，打破地殼，穿過矽鎂層，一直跑到燃燒熊熊烈火的地心，然後灰飛湮滅。當這些透過擴音器或麥克風說出來的話被地心的死寂吞沒時，少數眞正的聲音則自在地穿越薄薄的雨雲，紛紛飛向天空。而在所有這些聲音之中，發問者說話的振動頻率最高，所以問題往往會飛

到最高最遠的那一層去。

當然，這些假設跟複雜的調查工作，如果沒有他裝在飛機裡的那些精密儀器，是不可能辦到的。除了那些儀器之外，在起落架中間還裝有一個巨大的伸縮漏斗，那其實是一個大型耳朵，可以一次吸進數十立方公尺的雲。等吸入了足夠的分析資料後，大耳朵會把資料送進裝在駕駛艙裡面的電腦裡。那電腦不過是一台普通電腦，有光碟，有記憶體、磁片等等所有東西，而他則以他的智慧一公分、一公分地篩選管子裡的空氣，經過篩選，話語浮現出來，然後他再讓這些話以原說話人說的順序出現在螢幕上。

如果話語來自一段對話，他就伸手打開電腦音箱，然後駕駛艙內就會重複播放對話裡完美重組過的最後一個問句，而他可以專心地握著他的方向盤，正確無誤地飛往做出回答的那個地方。

這套方法完全是他自創的，他不得不這麼做的原因是，古時候的人在討論重要議題的時候喜歡邊走邊說，所以必須先找出問句是在哪裡說的，才有辦法飛往回答升空的地方。兩年之中，這套方法屢建戰功，他飛過數十座埋在地下的古城，飛過尼尼微、巴別城、龐貝、索多瑪、娥摩拉，飛過希臘，還有希臘帝國，他這次就是從希臘回來的，越

過停在西西里老城希拉古撒郊區觀光遊覽車上空的時候，他遇到了他研究生涯的第一個挫敗。他什麼聲音都沒錄到。

他那天只是在做一般偵測，純粹是臨時起意，沒有刻意尋找什麼，他收到了一個屬於大喜大悲的時代的聲音，這個聲音在跟石匠讚揚圓形球體的協調完美，他知道那應該是阿基米德本人的聲音。

收到那麼重要的聲音，亞瑟當然緊追不捨，追了兩個多小時，一切都很順利。他追到阿基米德到市場買菜跟漁夫聊天，躺在橄欖樹下睡午覺，他追在阿基米德後面，沒有漏掉任何聲音，直到阿基米德在劇場附近碰到了學生阿爾傑斯托。兩個人遇到之後的剛開始，一切都還順利，亞瑟跟蹤他們跟了一個小時，聽他們天南地北的聊，但突然間，跟海松差不多高的阿基米德猛然退了一步，問他學生說，地球表面上究竟有多少粒沙子。他是這麼問阿爾傑斯托的，而這個問題立刻清晰地出現在電腦螢幕上，可是這個問題在那裡閃爍了十分鐘，一小時，一整天，不管他俯衝或拉高飛機，在空中左搖右擺或飛一直線，穿過一朵又一朵白雲四處尋找答案，問題始終沒有找到解答。

亞瑟故事說到這裡，從手推車換躺到麻布袋上面，雙手枕在腦後，嘆了一口氣，沉

默了一會兒，然後接下去說，他不認爲沒有找到那個問題的答案就算失敗，當然不算，不過很有可能，那答案的數字太大、太完美，根本就不存在。不用說，如果沒有阿基米德，就不會有那個問題，而既然他是問出沙子數量的作者，也就是說，是問出世界上到底有多少粒沙子的原始發問人，那麼，他應該會把答案告訴阿爾傑斯托。

亞瑟繼續說著，他的句子也變得越支離破碎，甚至到最後，他的話語都漂浮在空中，彼此沒有關聯，讓他自己也得去尋找，過了兩分鐘之後，他眞的走了，走到一個我不能去的地方。

我知道我們之間的會話已經結束，看不出來還有繼續下去的希望，穿著工作服的我蜷縮成一團，躺在他身邊，閉著的眼睛盯著巨大的時間沙漏，那裡面的沙子一顆顆滾下來，小到幾乎看不見，我想睡一下，果然才一會兒功夫，我就睡著了。

第二天早上，因爲受不了潮濕跟冷風，我天還沒亮就醒了。我睜開眼睛，完全不記得前一天晚上發生了什麼事，卻淸楚記得自己做了一個夢，但不是眞的夢，我去了某個地方，不然就是說了某些話，有一條金色的線閃閃發光，劃過黑暗，那條金色的線其實是沙漏裡面的沙流。我記得沙子不停地流，我兩眼盯著看，好想抓一把，當我的眼睛盯

著一個定點看時，我那與眼睛分家的身體開始亂晃，像氨基酸第一鏈那樣脆弱無助，掉入黑暗寂靜的河流裡，永不得翻身。

過了幾分鐘，等我離開床鋪，發現我身邊有另外一個人睡過的痕跡時，這才記起前一天晚上發生的事，記起亞瑟的種種。

我本以爲他到花園去鬆鬆筋骨，便探頭到門外看，看到在原本被剷平的三百公尺草地的對面，又多了一條三百公尺長被剷平的草地，我知道亞瑟趁夜離開了。

當時，我對他的不告而別並沒有放在心上，我並不在意，直到夜幕低垂，我再次躺回我的麻布袋上，除了風聲，萬籟俱寂，就在那一刻，我又看見沙漏出現在我面前，而且立刻變成了象徵富饒的號角，變成了滾滾而來的沙流。我閉著眼睛，任憑沙流崩塌，任憑沙流侵蝕，我開始計算沙粒的數量，一粒一粒地數，算著礫岩，就那樣數到天亮，可是我並沒有因此而數出睡意，反而越數越生氣，幾乎暴跳如雷，氣的是那個故事沒有結局，氣的是，每一次我以爲腦袋中那個數字應該就是最後的數字時，那沙漏就又倒轉過來，從頭流起。

所以，太陽一射進儲藏室，我就起身到花園去。我背著手走在草皮上，心裡面一直

對沙漏念念不忘，想著那是一個沒有結局的故事，但很快我就告訴自己，如果我不能說：「這個數字就是答案，唯一的答案」的話，那些沙粒會塞滿我的腦袋瓜，讓我失去理智。而我是一個實際的人，我的目標是完好如初、健健康康地到美國去，我絕對不能讓這樣的事發生，所以我下定決心，要儘快搞清楚正確的數字是什麼，也就是說，我得在亞瑟完成任務的時候再見他一面。

至於要怎樣才能再看見他呢？我苦思了整整十分鐘，這時候我的腳絆到了一截樹幹，我突然靈光一現。看著我面前長枝搖曳的柳樹，還有柳樹下長達三百公尺被剷平的草地，我知道，唯一能讓那考古飛行員回來的方法，就是把花園變成一個貨眞價實的飛機場，有風向袋，跟所有飛機場裡面應有的東西。

從技術層面來說，其實並不難：把花叢夷爲平地，把卵石路周圍斷斷續續的草地塡成同一高度，把樹鋸掉，只要花上幾個小時認眞工作，我就可以在花園裡弄出一條人見人愛的跑道，這樣一來，等亞瑟任務結束後經過這裡，就會像看到花朵的蜜蜂，忍不住要在這裡再降落一次。

說做就做，我馬上跑回儲藏室，過了一會兒之後，拿著電鋸出門，我手拿電鋸走到

離我最近的一株樹，把刀架在樹幹上，啓動馬達，開始執行我的剷除計劃。

才過三十秒不到，那株樹已經開始顫抖。最先發抖的是葉子，碩果僅存的最後幾片葉子也散了，接下來發抖的是枝幹和枝椏，樹幹則抖到連根部也不例外，還有我也在抖，從頭到腳抖個不停，木屑在我周圍亂飛。布穀鳥跟斑鳩的歌聲，枝椏的窸窣聲，都在那刺耳刨心的噪音中淹沒。

我們大家就那樣抖成一團，等樹幹跟樹根之間連接的厚度少於一個指頭寬的時候，我便用左手握著關掉的電鋸，用右手輕輕一推，給它致命的一擊：「喔啦！」我的聲音還在空中迴盪，那樹幹先發出霹靂啪啦、垂死的聲音，然後呼嘯一聲重重落地，壓扁了整片玫瑰。

第一株被砍倒的是榆樹，我隨即走到旁邊的樸樹前面，用同樣方法把它也砍倒了。之後，我哼著歌，又砍倒了雪松跟松樹，七葉樹、櫻桃樹跟夾竹桃，一株接一株，像骨牌遊戲，接二連三紛紛倒地。

就那樣，大概一、兩個小時之後，我把花園裡的樹跟矮叢都毀了，只留下一株柵欄旁的楊柳，因爲我一開始就想好了，那株楊柳可以變成機場裡的風向袋。

我並沒有眞正的風向袋，但我有紅色的兩條褲管，連工作服都不用脫，我直接用剪刀從膝蓋那裡剪開，再用儲藏室裡面找到的白油漆在褲管上畫條紋。然後我一手拿著褲管，一手拿著剪刀，穿過那光禿禿的花園，走到楊柳前面，以石匠的老練及快速，把楊柳的枝枝葉葉都拔個精光，然後爬到樹上，把風向袋，也就是我的褲管綁上去。

爲了完美起見，我把花叢旁邊的柵欄也都拔了，丟到手推車上，然後跑到垃圾堆那裡倒掉，我倒完之後掉頭就走，一秒鐘也不肯耽誤，因爲我急著想要看工作做完後的成果。

我走到視線最好的地方，駐足觀看，我雙腳齊肩，雙手插腰，一分一秒盯著看，爲的是確定這個機場無懈可擊，沒有任何阻撓考古飛行員回來的理由。

我對自己這個作品很滿意，我只花了短短幾個小時，跟不算多的力氣，就把不起眼的花園變成了一個很棒的機場。我盤著腿坐在儲藏室門口，開始等。

那個姿勢讓我整個人都緊繃著，那天我等了一天，還有第二天，我等了差不多一整個星期，在第七天清晨，全身凍僵、準備放棄回到儲藏室的我，卻突然聽到我的左上方傳來微微的聲響，那確實是飛機引擎的聲音。

我跳了起來，一手圈在耳朵後面，頭左擺右擺地試圖了解飛機會在哪一個方向出現。

我聽了大約兩分鐘之後，從不斷運轉的引擎聲，我發現，這跟上一次飛機慢慢降落，機腹會發出不同聲響的情況不一樣，而是似乎爲了因應突然的斜坡而必須換檔的感覺。我心裡這麼想，一邊望著萬里無雲的晴空，就這麼想了兩分鐘之後，我眞的聽到引擎更換排檔的聲音，還有尖銳的煞車聲，一輛計程車停在房子的柵門前面。

我幾乎是在沒有意識的情況下立刻拔腳就跑，而我之所以能夠成功脫身，多虧瑪姬花了不少時間把行李、化妝箱、帽盒以及無數個蘇格蘭格紋紙袋從計程車上搬下來。如果她把行李事先郵寄回來，或隨身只帶個皮包，我就一定跑不掉了，因爲我發現她出現的時候，她已經用膝蓋把大門推開，準備走進花園了。站在門口的她，一時之間一定以爲自己走錯了地方，不過這樣的錯覺很快就會找到答案，等她看到我站在草地上，她就會立刻明白那確實是她家，只是不知道爲什麼，才三個月的時間，她就從花園洋房主人變成了機場洋房的主人。

老實說，那機場整理得不錯，甚至可以說很完美，但我確信她絕對不會懂得欣賞，看完之後她也不會說：「很可愛，眞的很可愛……。」因爲她不知道那考古飛行員跟數

不完的沙粒的故事。就算她知道，也同樣未必會懂得欣賞，因爲她心裡面只想著一件事，那就是，握著花園裡面最美的一朵花到天國去。

當然，她也可以拿著從楊柳樹梢拔下來的風向袋，拿著那塊破布穿過雨雲和積雲到天國去，因爲很少有人會拿風向袋做信物，她如果那麼做，應該會更容易與她先生重逢。

我是這麼想的，不過她大概聽不進去。她要的只有花，瑪格麗特或牽牛花，她一旦看到表面上被大肆破壞的花園，一定會全身發抖臉色發白，然後打電話報警。

警察一定會立刻趕到，然後以謀殺花園，以及意圖謀殺瑪姬的罪名將我逮捕，等他們幫我帶上手銬，把我送到一個又濕又黑的地方關起來的時候，會發現我早就因爲謀殺奧斯卡案被通緝。

我一邊想，一邊翻過矮牆，在通往港口的小路上拼了命地跑。我幾乎不用花什麼力氣，因爲下坡路的關係，所以我根本像個機器人一樣，走一步跳一步，跳一步走一步。跑到了港口，貨櫃成排成列，我發現有一艘領航船在前面拖著一條大船，劃出波波水紋，我剎那間突然明白，唯有乘船出海，大家才找不到我，而且如果運氣夠好的話，有一天我會在美國上岸也不一定。

6

我找到工作的那艘船叫「蘇格拉底」，是半貨船，也就是說一半載人，一半載其他東西。

至於它的目的地，就跟自由落體定律一樣，沒有人會感到意外，自然不是美國，而是另外一個港口。雖然目的地不是美國，但我無所謂，因爲那一刻最重要的是逃離那個地方，而且我相信，不管在任何一個港口，就跟在公車站一樣，我遲早會找到帶我到目的地的交通工具。

我剛上船，就有水手遞給我一件紫黑相間的條紋外套，然後帶我到我接下來工作的艙房去。我們兩個沒有交談，彼此不看對方，他走在前，我走在後。我們下了一層又一

層越來越陡的樓梯，每走一步，我都在心裡自問，到底我們要去哪裡。我在岸上問大副說：「需不需要人手幫忙」的時候，他回答我說：「不只人手，人腳也要。」但並沒有說清楚，他要人手加人腳幹什麼。過沒多久，那水手用腳踹開一扇門，把我推進一間暗室，那裡面有一台碩大的機器，是兩個鋼鐵盒子組合而成的，中間夾著兩條自動傳輸帶，我心想，原來我是被僱來燒鍋爐的，暗自鬆了一口氣。

只是這個想法很快就被推翻了，因爲這時候，機器運轉起來，而運輸帶上方的平台開始往外吐送十多條髒兮兮的桌巾，於是我知道，我不是被僱來燒鍋爐，而是負責洗碗的。爲了證明我自己沒問題，我身穿著那至少比我的身材大上兩號、腋下還留著前任主人體味的外套，開始清洗盤子跟滿是醬汁的大鐵盆。在把這些東西丟進洗碗機之前，我先快速地將碗盤一個一個拿起來，以順時鐘然後逆時鐘的方向各抹一遍，之所以動作要快是因爲，運輸帶節奏很快，不容許我慢慢來，我每清一個盤子如果需要花超過半秒鐘的時間，那麼，所有的鍋碗瓢盆馬上就會堆積如山。

我先大概清洗一遍，然後就得把碗盤照位子排在洗碗機的籃子裡，等我把最後一個盤子放到格子裡面之後，第一批送進洗碗機的碗盤已經變得雪白晶亮，用金屬夾擺到另

外一條運輸帶上後，我開始準備擦乾。我在擦盤子的時候，連把盤子從運輸帶上拿起來的時間都沒有，因爲過沒多久，第一條運輸帶的平台又再度打開，我便又重新淹沒在新的髒桌巾之中。我第一天就是那樣工作的，馬不停蹄，關在船身下面，眼前只有鐵壁，還有海潮的聲音。

隨著時間過去，我想著包圍我的海水，積壓著船身的海水隨時準備把我吞噬，我開始感覺一種窒息的不安。

爲了不讓這份不安變成驚慌，爲了讓自己分心，我把注意力都集中在旅客艙房的日常點滴，看那些旅客都在裡面幹什麼。但我雖然可以想像出他們房間的室內裝潢，卻想像不出這些旅客的樣子。在我眼裡看來，他們不是蚱蜢就是蝗蟲，彷彿下巴脫臼或牙齒崩掉那樣惶惶不安。甲板跟大廳裡擠滿了這些貪婪的昆蟲，理直氣壯地看到什麼東西都要咬一口，啃、嚼、反芻，所有能吃的東西都不放過。除了用眼睛看他們，我還用耳朵聽，聽他們細細地咀嚼，食物在他們舌齒之間經過研磨，看食物沿著氣管滑進食道，穿過幽門進到胃裡面，然後這些咀嚼過的食物就停在那裡，花好大的功夫才轉成食糜，等消化這個必要的階段結束後，我看到食糜彷彿坐溜滑梯一般，在茸毛的簇擁下溜到小腸

去，等到了結腸之後，稍微放慢速度，就在食糜準備重新啓動高速，往下面衝去的時候，我頭上一盞紅色的燈亮了，擴音器裡面的聲音說要我到廚房去報到。

我心想，八成因爲我表現優異，所以他們決定賦予我更重要的任務。我連忙走出暗室，四步一階爬上樓梯，趕到廚房去。

我一進廚房，就看到人事主任迎面走來，跟我面對面，盯著我打量了好久，不發一語，直到主廚走過來開了口。彷彿我沒有嘴巴或沒有大腦似的，主廚跟人事主任說話時，完全無視我的存在，可以，換套衣服我就可以取代值夜班的酒保，那傢伙因爲肺氣腫已經在床上躺兩天了。

當天晚上，我脫下條紋外套，還有半截紅色工作服，換上酒保的衣服，在一個實習水手的帶領下，來到船上最頂層的甲板，那是我新的工作地點，舞池。

我人一到，就馬上站到一個小小的金屬吧台後面，背後的架子上擺滿了各式各樣的酒，舞池裡面還空無一人，我就拿抹布擦拭吧台桌面，再把舞池旁邊的桌椅都擦了一遍，邊擦邊把菸灰缸拿起來，把前一天晚上的菸屁股倒到垃圾桶裡。就在這時候，我雖然完全沒有動到舞池的東西，舞池的彩燈卻突然大亮，然後在一明一滅的閃爍中，懶洋洋的

音樂也響起了，同時顧客紛紛從旋轉門那裡進入舞池。

最先進來的是三、四個阿拉伯人，腳穿涼鞋，身穿白袍。等他們坐定後，我就拿起一塊摺好的布搭在手臂上朝他們走過去，看他們要點什麼東西，是琴酒還是別的。我走到他們旁邊後，便畢恭畢敬地彎下腰去，我一直保持那個姿勢不動，直到他們之中最年長的那個人，像馬搖尾巴趕走蒼蠅那樣揮舞著手臂，表示說他們什麼都不要。

我沒有轉身，就這麼面對著他們躬身倒退，才走了兩三步就撞上一個熱熱的、毛茸茸的龐然大物，我趕忙停下腳步，但已經站不穩了，匆匆一瞥，我發現那龐然大物是一隻巨型寵物丹麥犬，牽著牠的則是一個很高的女人，很高，身上穿著一件曲線畢露的緊身皮衣。我跌到她身上的時候，她什麼話都沒說，跟在她後面牽著一頭拳師犬的男人同樣沒有反應，那男人跟他的狗一樣粗粗壯壯的，不高，一副趾高氣昂的樣子，脖子上掛了四、五架照相機。

等他們倆個在紫色跟黃色假皮沙發上坐定後，那男人一臉不耐，舉起手臂朝我這邊彈了兩下指頭，大老遠的拉開嗓門喊：「兩杯琴酒。」

我把調好的酒倒進冰過的杯子裡，擺上兩片檸檬，再在托盤裡放上杯墊，然後我以

高過我腦袋的高度托著托盤，走到那兩位愛狗人士那裡去，把酒放好之後就站在那裡等他們付錢，卻什麼也等不到。因爲那女人已經在舞池裡面扭屁股了，完全不管音樂節奏。她眞的都不理音樂，自己亂扭一通，軟綿綿的，把屁股往前頂，用牙齒咬住舌尖，她在跳舞的時候那男人一直跟著她，幫她拍照，有時候躺在地上，有時候站到沙發椅背上。

這時候，那些阿拉伯人也跳起來了，他們脫掉了涼鞋開始跳舞，而且輪流用拍立得相機幫彼此拍照，每次照片從相機底座滑出來的時候，他們都會停下來觀賞，之後才再回去跳。

我覺得最好不要讓人發現我在船上，所以鎂光燈此起彼落的時候，我就得東閃西躲，而且越閃越快，因爲這時候舞池裡面的人開始多起來了。包括受訓結束的海軍士兵，帶著學生做示範教學海軍上將，餐廳侍者也打扮得花枝招展的，還有衣服金光閃閃、戴著長串珍珠項鍊的船上高級職員的妻子。他們同一時間抵達，而且同一時間都感到口渴，海軍上將要威士忌，他的學生要柳橙汁，船上高級職員的妻子則要雪莉酒跟苦杏酒，一身光鮮的侍者要茴香酒。大家都好渴，冰箱幾乎一下子就被掃空了，我只好在飲料裡面摻水。

正當我在舞池東跑西跑，忙著送那些淡而無味的飲料給大家的時候，一身迷你裙加黃色套頭衫打扮，整個肚子幾乎都暴露在外面的船上的護士，突然把架子上的麥克風拿下來，跑到舞池中央唱起山歌來了。她唱得很投入，閉上眼睛，踮著腳尖左搖右晃，但沒有半個人在聽。高級職員的妻子正忙著在撲克牌遊戲中廝殺，阿拉伯人則坐在地上玩骰子，那兩個愛狗人士則像躲在殼裡的寄居蟹那樣窩在沙發裡，海軍上將差不多喝醉了，扯著嗓門跟他學生交代說，如果遇到逆風要怎麼處理。

唯一認眞在聽護士唱歌的，是坐在舞池邊的兩條狗。牠們本來安安靜靜地坐在那裡，頭一下擺過來再擺過去，突然分別以男中音及男高音的聲音唱起歌來，牠們唱歌忘我的情形，讓那護士也不得不閉上嘴巴認輸。

她爲了喚起大眾的注意，開始講起笑話來了。她說一個瞎子遇到一個跛子，瞎子問跛子：「近來可好？」跛子說：「你看呢？」她說完這個，又說了五、六個笑話，但是都沒有人笑，她又做了最後一次努力，然後長嘆一口氣，撥了撥她那頭亂糟糟的黃髮，就坐到地上跟阿拉伯人一起玩骰子了。

有點類似雪崩，範圍越來越大，來勢洶洶捲走樹木岩石，舞池中的喧囂不斷，持續

了好幾個小時，然而雪崩結束下坡之後遇到了平地，速度便開始放慢，間歇還傳出零星的霹啪聲，但最後終於歸於寂靜。

高級職員的夫人結束撲克牌遊戲回到房間去以後，整個氣氛就已經冷清許多，海軍上將也直接躺在桌上睡著了，他的學生則在旁邊睡了一地，等那兩個愛狗人士帶著他們的狗離開，鞋跟和狗爪抓地聲音漸漸走遠之後，一切都結束了。這時除了鼾聲之外，大廳完全籠罩在睡夢的寂靜中。快要暈厥的我走過軀體橫陳的舞池，彷彿打了敗仗的戰場，到甲板上去透透氣。

來到室外，我立刻被海上鹹鹹的海風所包圍，看著船頭把無邊無際的汪洋大海平均一分爲二，但看不出要駛向何方。天已經濛濛亮了，雲塊被天光切開，海平線上象徵白天的金光正緩緩升起。我依舊站在甲板上，腦中一片空白，沉浸在不受干擾的寂靜中。

第二天早上，我又回到暗室裡面去洗盤子，雖然多了晚上那份工作，但我白天的工作還是得照做。突然間，我聽到頭頂上方傳來轟隆隆的聲音。我一開始還以爲是不遠處有暴風雨形成，但隨後我又聽到絞盤把錨拉上來的聲音，這表示我們在港口靠岸了。之後沒多久，我還聽到登船梯放下來的聲音，所有卡車、貨車就跟諾亞方舟的動物一樣，

排著隊乖乖地上船。

而那艘船卻眞的變成了諾亞方舟，我是在稍晚結束了洗盤子的工作，經過船中間那層停車場，準備到甲板舞池報到的時候發現的。

我正快步經過那些一排排停好的卡車，突然聽到不遠處一輛卡車後面傳來大象的聲音，兩秒鐘之後，就變成了動物大合唱，有狗吠、馬嘶，還有羊咩咩叫，鴨子呱呱叫，小豬呼嚕呼嚕叫，貓咪喵喵叫。

於是好奇的我爬到擋泥板上面，想看看關在裡面的到底是什麼東西，或什麼人，結果等我爬上去，把眼睛湊到天窗縫隙上看的時候，看到了十來雙不同的眼睛，有的瞇成一條線，有的是杏仁眼，有的是圓眼，有的瞪得大大的，有的貪婪，有的凶殘，有的嗜血。總之，我看到的是一整團馬戲團的動物。

多虧了我瞳孔自動放大，我才能在黑暗中看見卡車裡裝了一隻被拔了牙的印度大象，頭頂著籠子，在牠龐大身軀的空隙中有樹獺跟土豚，另外有一對大耳狐，跟四、五隻旅鼠、黑斑羚、羊駝，另外有兩隻白頭翁，三隻烏鴉。他們全都靜止不動，但仰著頭往上看，也就是跟我對看，一直等到土豚或許把我誤認爲是來餵食的人，就開始搖著耳

朵呼嚕呼嚕地叫了起來，舌頭也伸到嘴巴外面來，而其他動物也跟著牠一起表示，牠們肚子餓了，紛紛用蹄或爪敲打地面，用尾巴拍打牆壁，皺起鼻頭噘起嘴巴，或拍打翅膀從籠子的這頭飛到另一頭。

頓時大家吵成一團，我既然沒有帶吃的東西可以餵牠們，只好在事情變得不可收拾之前從擋泥板爬下來，從那裡走開。走在去甲板的路上，我心裡一直在想，那群動物是怎麼回事，歸誰所有，我原本打算去廚房，沒想到走著走著，我卻來到了戶外，我立刻被捲入人潮中，在推擠的手腳中我一下絆到這個人的腳，一下又卡到另外一個人的手，我只得小跑步一起加入那湧向階梯跟甲板的舞群中。

我們大家沿著側舷往駕駛艙移動的時候，我看到了那個蛇女的頭。那女人一身黑袍從脖子到腳踝罩住全身，瘦削的臉頰配上一大把攏在腦後的黑髮，是她用手敲打著皮鼓，決定舞群的節奏跟速度，是她舉起腳在空中像剪刀那樣分分合合，讓舞團猛然變換舞步，從奔馬變成蛙行，在毫無章法的一團忙亂之後，方向由左轉向右，又由右轉向左，而所有舞者不需交談不用互看，卻彷彿有衛星定位系統從旁協助，都能立刻調整自己的步伐。他們說變就變，可笑的是，連我也跟著一起變，因爲我要是不變，整個舞團都會踩到我

身上來，我就變成一坨爛泥了。

我一直跟著他們的節奏走，直到蛇女擊鼓的拍子變得較不規則時，我才利用其中較長的空檔，成功脫離人流。

到底那群人是怎麼回事，我到當天晚上才搞清楚。舞池一開始營業，兼職當歌手的那名護士就跳到舞池中央，對著麥克風宣佈說，有一個世界知名舞團來到船上，Fase Rem舞團，一個結合馬戲團、沒有一分鐘不在跳舞的舞團。她跟心不在焉的聽眾解釋說，那些在甲板上狂舞的人其實個個都是藝術家，作爲藝術家，他們絕對不能有片刻暫停，因爲那樣會影響到他們關節的靈活度，這時候，舞團在黑衣女子的帶領下突然闖進舞池。雖然現場沒有音樂，但在節奏分明的鼓聲引導下，他們佔據了整個舞池，在場所有人都傻了眼，看著舞者擺出一個又一個圖形，有時候好像照鏡子一樣，圖形的兩半互相對稱，有時候則像花瓣，以枝梗爲圓心圍成同心圓，之後又各自隨性擺出姿勢，或單腳站立或朝天伸出手臂靜止幾秒不動，打散原來的隊形，然後再在舞池中央聚集，整隊完畢之後，就重新再排圖案，或站或躺，或者疊羅漢。

當這些舞者擺出叫人眼花撩亂的隊形變化時，鼓聲沉寂，整個大廳鴉雀無聲，只聽

得到舞者赤腳踩在舞池地板上的聲音，還有人體落地時，低啞的碰撞聲。除此之外，沒有半點聲音，沒有人說話，連狗都忘了喘氣。大家都盯著那三十個舞者，經過一個小時的休息後，神采奕奕地在舞池中間旋轉。這些舞者跳著舞，不見汗水淋漓，不見呼吸急促，反而帶著睡夢中的怡然，彷彿他們眞的是在夢遊。

我想，大概就因爲大家的注意力都集中在舞者身上，所以最初都沒有人意識到，接下來要發生的事會打斷這場表演。我卻感覺到事情有些不對勁，因爲我聽到背後的酒瓶持續發出輕微的叮叮咚咚的聲音，而這個感覺很快就被證實了，我腳下的墊腳板漸漸歪向一邊，而且緩緩地來回滑動。一開始，舞池內的活動並沒有受到影響，但過了差不多半個小時之後，一個不尋常的大浪越過甲板欄杆，猛烈拍打舞池的舷窗，有幾個客人坐在沙發上，伸長了脖子看，十分詫異地說：「下雨了！」身穿黑袍頭罩黃巾的愛狗女士站了起來，無聲地踏著大步往門口走，而海軍上將則擺出已經置身暴風雨中的姿勢，整個人跳起來跟他的學生說：「孩子們，我嗅到敵軍的味道！」

從舷窗望出去原本應該看到星羅棋布的天空，這時候卻只見到惡水翻騰、浪花四濺，還有一波波白色的浪頭轟隆隆地朝我們衝過來。整艘船都失去了平衡，像核桃殼一樣沒

有重量，在海中載浮載沉，而無助的我們躲在船艙裡，跟著一起下去又上來。那樣的混亂情況持續二十分鐘之後，只剩下那兩隻狗還在觀賞舞池中的表演，因爲所有人都一手捧著肚子，一手捂著嘴巴，從舞池跑到甲板上，然後再裝著若無其事的樣子坐回自己的位子上。只不過坐不了幾分鐘，嘔吐的感覺又再度湧上喉頭，他們就得再衝到戶外去一次。

就在大家這麼來來去去的忙亂中，船上的二副臂下夾著可吹氣的救生衣，走進晚宴大廳，而堅持展現舞姿，輪流用兩腳腳尖旋轉，始終沒有停下來過的那些舞者，這時候退出了舞池。二副走到舞池中央，以慢而俐落的手勢向大家示範，如何幫救生衣吹氣。只是他不慌不亂的示範根本沒幾個人看到，因爲舞池裡只剩下我、海軍上將跟他的學生。

微醺的他很冷靜地跟大家解釋船的浮球，那個看起來很像海豚鼻子的浮球在流體動力學上的重要性。他用沙啞的聲音一一描述技術方面細節的時候，站在烤麵包機跟冰箱之間搖搖晃晃的我不禁納悶，剛剛那些客人都跑到那裡去了。但我還沒時間回答我自己，就突然覺得一陣反胃，爲了壓抑想吐的感覺，我只好把頭伸到離我最近的舷窗外。我奄奄一息把頭掛在窗口，好像在斷頭台上等死的囚犯，卻發現了那些客人的蹤跡：他們踏

著包列羅舞步或加伏特舞步走上甲板，在四濺的浪花中手忙腳亂地轉圈，有人自己轉，有人結伴轉，在呼嘯的海風伴奏下，似乎各自找到自己的華爾滋跟查爾斯敦節奏。漸漸地，有越來越多人加入這街頭舞者的行列，除了原先的旅客外，現在還有船員、廚房助理、餐廳主廚、護士跟無線通訊員，也都紛紛踮起腳尖加入舞蹈陣容，高舉雙手胡亂揮舞，直到一個比小山還高的浪打了過來。

大家一時之間不是頭著地，就是下巴著地，全都跌了個四腳朝天，跌倒的不只他們，我也牙齒撞到吧台，然後一屁股坐到地上，我趕緊摸摸嘴巴看牙齒是不是都還在，這時候，擴音器有人廣播說：「所有人員到船底汚水層集合！」雖然廣播是說所有人都要去，但我想沒有半個人會去，因爲整艘船猶如一匹重傷垂死的馬，不斷側身沉向一邊，而且傾斜速度越來越快。我再探出頭去看，發現大浪之後，原本關在車裡的動物也全都跑出來了，混雜在舞者中間的有碩大且笨重的印度大象，還有不知所措的黑斑羚、羊駝、旅鼠跟土豚。旅鼠興奮地在甲板上跑來跑去，因爲即將來臨的海難正好可以爲牠們的生命畫下完美的句點，踏著蹣跚腳步最後來到甲板上的則是樹獺。

跟海軍上將還有他的學生一起保持靜止不動的我，在那瞬間意識到可怕的事就要發

生了，如果不想加入那瘋狂的行徑，唯一的辦法就是要自救。我異常冷靜地做出假設，我要是能排除所有困難走到救生筏那裡，把其中一艘垂放到海面上，我就可以離開那艘船，等我離開暴風雨範圍後，再用槳或利用風帆往陸地移動，根本是小事一件。

我打定主意後便不再猶豫，趴在吧台上看向窗外，以便找到大家熱舞舞步放慢的片刻，好順利衝到救生筏那裡。我在等待適當時機的時候，還聽到海軍上將在跟他的學生上課，他問學生動力系統跟渦輪系統的關係，旋風的動力是怎麼回事，還有陸上龍捲風的動力又是怎麼回事，我看他發問時，眼睛雖然盯著甲板，卻依舊神色自若，好像大家都安安穩穩地坐在教室裡面一樣，我對大家的異常表現感到十分不解，我自問，難道經過這幾個月的紛紛擾擾之後，我的人生弧線要如此草率、沒有意義地結束掉嗎？

我正準備告訴自己，只有傻瓜才會向命運低頭，放棄流浪多日的目標的時候，我看到在甲板上跳舞的人潮中空出了一條路，於是我發揮山豹的爆發力，從吧台後面跳出來，往舞池門口衝過去。只是這段衝刺一下就結束了。我差不多跑到舞池中央的時候，海軍上將以意想不到的敏捷的身手，朝我撲了過來，他一隻手勒住我脖子，另一隻手攔腰把我抱住，我大叫說，我只是值夜班的酒保，但他把我前後甩了兩下之後，就很粗魯地把

我丟到沙發上去。我不知道他那麼做是因爲誤以爲我是他的學生，太過害怕想要逃跑，還是冥冥中代命運出的手。我只知道，事情在那剎那已經很清楚了，因爲過程中一個不可預知的失誤，我跟其他人一樣都是輸家。我跟那些手舞足蹈的或靜止不動的都一樣，輸了，暴風雨沒有停息的徵兆，而船傾斜的情況越來越明顯。

我心想，那大概是我短暫的生命中，最後一次看見星星，因爲很可能兩個小時之後，我們到達的不是某個有柔軟細沙的港口，而是沉入海底。下沉的時候，每個人心臟跟肺的支撐時間都不同，在閉上眼睛之前我們會跟金鯛、沙丁魚對看，然後換牠們看我們，而我們看到的最後一幕將是各種閃閃發亮的海藻、尾巴跟鱗片。然後我們再也看不見聽不到，也感覺不到那些鋒薄或厚實的唇來撕扯我們的身體，因爲沉入那奇特的沉寂中的我們，很快就只剩下蜷縮在沙發椅上的骷髏骨，或維持跳躍姿勢岔開的股骨。

在這樣的影像中我停止了思考，無計可施的我只能等待，爲了轉移注意力，我開始留意海軍上將說的話，他正在考他的學生不同船隻所能承受的撞擊力、如何在雷達上辨識暴風雨的徵兆，還有什麼情況下要發出求救訊號。船快要沉了，他還在問學生這些問題，可是沒有人敢打斷他，因爲顯而易見的是，就連他的理性也已經跑得遠遠的不知去

向了。

所以，當他突然話題一轉談起瘋狗浪，大家也都沒說什麼，默默地看著他眉飛色舞地解釋說，那像山一般高的巨浪，都是在晴天時候出現，沒有風，或許是因爲兩片魚鱗摩擦造成的，或許就是憑空冒出來的，反正沒有人知道什麼原因，也沒有人能夠預知它的行進路線。從開天闢地以來，這些巨浪就跟脫了韁的野馬一樣在海上奔馳，隨自己高興隨時改變方向，只要它們經過，所有原本平靜無波的海洋都會在其駭人的殺傷力摧殘下成爲死海。任何人用望遠鏡看到它們由平地轟然而起，然後不動聲色直逼而來，都會以爲那是錯覺，不然就是會讓人驚醒的惡夢。而這樣的巨浪，就像一種毀滅力量的積累，確實會出現在水手或一般人的夢裡面。

那浪前一秒剛出現，下一秒就披頭罩面壓下來，最可怕的是，你在睡夢中看到那看似輕柔的浪花開始捲曲，突然驚醒跳起來大喊大叫；大喊大叫當然是因爲做了惡夢，就跟其他惡夢一樣，沒有臉孔，沒有形狀，或都是無法形容的形狀，沒有開始沒有結束，甚至說不出故事情節。

雖然到了第二天早上，人們對這個惡夢的記憶最多只持續兩秒鐘，但是做夢的人自

已知道，那個陰影永遠都在大人、小孩，甚至老人的夢境中。早在太初某日清晨，陽光的紫外線經過臭氧層過濾後照射到地面，井水裡的氨基酸受陽光照拂，因爲突如其來的溫暖，起了一些表面上看起來沒有章法的變化，進而開始有所運作，從那時候開始，這個惡夢就存在。

確實，在沒有動機或目標的情況下，氨基酸開始集結，在各種不同模式中尋找最完美的，由於模式完美，沒多久，井水裡就有了大分子出現。包括那些大分子，一定也都做著這樣的惡夢，那些分子應該常常失眠，因爲它們並沒有要求要來到世間，它們互相結合時，總是失敗少成功多，以同樣的方式不斷複製，便開始莫名地害怕起那樣的進展，那樣漫無目標地結合，而形式跟結構卻越來越繁複多變。帶著那個陰影，它們形成了膜，繼續生長發展下去，會變成藍藻、裂殖菌、蕨，就連藍藻、裂殖菌、蕨也有同樣的惡夢，它們也對那樣的進程有著許多的疑問，而在問了上億年之後，這個問題從窸窸窣窣變成嘶嘶作響，從鳥語啁啾變成熊吼馬鳴再變成人聲，竟漸漸減弱終至無疾而終。雖然無疾而終，但並未完全消失，因爲那懸而未決的謎依舊藏身在平和的睡夢中，還有孤獨的寂寥之中。

眼神茫然的海軍上將在我們面前踱著步，說雖然我們眼前這場暴風雨看似可怕，但其實沒什麼好怕的，因爲每一件事都必然有其因，有其果，如果善用技巧，大部分的情況下，事情都可以找到轉圜之處。

但如果你身在被大浪沖刷的甲板上，在値夜的駕駛室裡，大海彷彿平坦幽靜的天域無邊無際包圍著你，遠方有鯨豚銀色的背脊在閃爍，事情就不是如此了。

就是在那樣的夜晚，水面上映照著遙遠寒冷的星光，有拖曳著行進軌跡的大陵武星，有御夫座、英仙座和仙后座，抬頭望著天空，可以看到星星殞落時，將所有質量都集中到中心點，還可以在絕對的靜默中聽到行星繞行軌道的聲音，星球旋轉時隱隱的振動，包括我們所在的星球，我們船頭船尾皆懸空漂浮於其中的地球。當然，儀器清楚指出了航向，卻又無濟於事，因爲看起來，船並沒有在動，船頭把無邊無際的汪洋大海平均一分爲二，但看不出要駛向何方。在那片刻，所有運動都靜止不動，只剩下行星繞行軌道，吱嘎吱嘎，彷彿在風中一開一合的窗戶，那拉扯的力量在靠近遠日點跟近日點時稍弱，在距離地球軌道最近的幾個點卻格外鮮明。

就是在那個時候，迷失在那推與拉兩股神秘力量並存的遊戲中，而且發現自己曾有

那麼瞬間加入過那場遊戲，眞的會不由自主的慌張起來，而失去理智。如果，很久很久以前，在拂曉來臨前那個風平浪靜的夜晚，在沒有期待的情況下，突然出現了第一句話語，所有水手、旅人，還有暫停腳步，對著天空冥想的人都會發瘋。除了他們之外，所有那些做過調查後發現，每一個被解開的謎背後都有另一個待解的謎的人，也會發瘋。對，整個世界都會瘋狂，但幸好在隱隱感覺到這一切沒有任何意義的同時，卻又淸楚知道我們還有感情，而且感情才是來自世界底層的聲音，感情才讓我們能夠在短暫的生命旅程中以特技演員的優雅姿態，以好奇、專注的態度悠遊其中。

海軍上將是這麼說的，至於他說的感情是什麼，我跟他的學生都不甚明白，因爲正當我們面面相覷，而他一個字、一個字在宣佈答案的時候，甲板下方傳來駭人的撞擊聲。

我連忙抱住沙發，自己跟自己說：「再見了，美國，再見了……。」

沒多久，舞池裡的擴音器哇啦哇啦命令大家立刻到最頂層的甲板上集合。

7

結果我們進港了。我們是第二天清晨在兩艘低矮的大型拖曳船陪伴下入港的，拖曳船爲了表示歡迎，拉了好幾聲汽笛。我們平安脫險了，之所以能夠平安脫險，不是因爲風浪突然平息，而是因爲大家在甲板上狂舞，我一心計劃逃跑的時候，有人聽到船長廣播後，跑到船底啓動了浮球系統。那幾個小時，沉著鎮定的船長一直待在駕駛室內，透過雷達，在伸手不見五指的暴風雨中定出方位，都沒有人發現他壓低了聲音，用無線電跟港務局的人通話，在駕駛室按了五、六個按鈕，啓動了光柵裝置，以嫻熟的技術將船駛往港口的方向。

一直到他確定船艙的破洞已經在吃水線下面之後，也就是說，光靠幫浦不足以清空

進水之後，他就現身廣播，果斷宣佈：「把所有不必要的東西丟到海裡面！」還下令把壓艙物也給丟下海。聽到廣播，所有跳舞的人都放慢了腳步，不那麼急著跳下一步，騰空跳躍的就維持原姿勢不動，等他第二次廣播，大家就眞的全部停了下來，像眼睛被鎂光燈閃到那樣，呆立原地不動，之後才趕緊跑回自己的艙房，抱著滿懷的東西再往外跑，在刺骨的傾盆大雨中分成兩列，到船頭跟船尾把所有沒用的東西都丟到海裡。

丟到海裡的有旅行袋、行李箱、化妝箱、帽盒，廚房用的鍋碗瓢盆，貨櫃裡的貨物，備用的錨，十幾公斤生鏽的鐵鍊，杯子、西洋棋、撲克牌跟一大堆其他東西，每樣東西落水的聲音跟拋物線都不同。等大家把所有東西都丟光之後，只剩下印度大象可以丟了，不把大象丟到海裡，船艙破洞是不可能浮到吃水線上面來的，問題是沒有人有勇氣這麼做。遲疑了幾分鐘之後，大家在大象的脖子上套了一個紅白相間的救生圈，再用一條粗繩連接救生圈跟甲板上絞盤，然後十幾個人合力把牠從一條鋼鐵滑板上推下海去。一聲撲通巨響，水花高高濺起，大象粗壯的身影一消失在波浪中，一直原地打轉的船就浮了起來，船艙破洞隨之浮出水面，緊接著大象也冒出頭來了，像小狗一樣划著四條腿，跟在船邊游了起來。

曙光出現，清晨薄霧中看見遠方小島的輪廓，還有港口紅紅綠綠的燈光閃爍。兩艘拖曳船從海堤後方駛出，準備來迎接我們的時候，我們船邊有海豚不時躍出水面，所有旅客趴在欄杆上，他們看到海豚就笑了，伸長了手指著牠們驚呼道：「海豚，海豚！」

蘇格拉底號在船塢停留了一個多星期，然後在一個秋高氣爽的早晨，拉了兩三聲汽笛表示告別，起錨，收纜繩，重新出航，而我，我並不在船上，在我做了那些事情之後，已經不可能回到起點了，我坐在石灰岩岬上，看著它漸漸走遠。

我一直盯著看，直到它在離海堤一海浬遠的地方轉向，改以船尾對著小島繼續前進，慢慢地變得跟彈珠差不多大，再過一分鐘，就被視覺上的海平面所吞噬，完全看不見了。

我在三、四隻海鷗的聒噪陪伴下，轉身朝小鎮的方向慢慢走去。

接下來幾個星期，我都在等另一艘船或其他任何一種交通工具帶我到美國去，全靠散步打發時間。我一個人悠哉悠哉地在白堊岩岸間散步，那裡濃密的植物香味撲鼻，有非洲檉柳、愛神木，還有燦爛的黃色鷹爪花。

我剛開始那樣一個人散步的時候，常常幻想著我即將實現的美國之旅，幻想著我如何展開我的新生活。但不知不覺中，我越來越少想這件事了。時間久了之後，不斷拍打

的浪花加上海風，彷彿一種奇怪的寂靜進駐到我心裡，我原本奔騰的思緒就像墊圈壞了的電線一樣，變成了斷斷續續的電流，一下亮，一下暗。

我一整天都待在海邊的日子越來越多，伸長了手臂在海底岩縫中撿卵石，然後張開手讓卵石落入水中，聽它們依循不同墜落軌跡撞擊水面發出的聲音。我站在水中，讓海水拍打著我的腳，彷彿那是被暴風雨沖刷到海邊，然後丟棄在那裡的樹幹腐爛的樹根。

其實，我在那瞬間確實是一根樹幹，依舊有樹液在最底層的毛細管中流通的樹幹，那樹液在我體內流轉形成旋流，在一個又一個漩渦之中我看到了伊拉麗亞的臉，她看不見東西的臉，斯巴達克那張狡詐的兔子臉，還有仰臥在矮叢中的奧斯卡，奧烏雷里歐男爵赤裸多毛的胸膛，還有只在我腦袋裡出現過的被圍攻的城堡，那用厚紙板搭建的華麗立面。我閉著眼睛，而這些畫面彷彿肥皂泡或間歇性熱泉那樣，一個接一個冒出來，但最後還是什麼都沒有，什麼都沒有是因爲這些影像讓我越來越愛睏。

有一天，我差不多已經在島上住了一個月了，我在半睡半醒之間，也就是說在我還沒睡著，卻又不是完全清醒的瞬間，我想到了一件之前從來也沒想過的事情，說不定奧斯卡根本沒死，我的標槍並沒有射中他，或許只是擦傷，想著想著，我不禁懷疑起到底

有沒有他這個人，我在外面東飄西盪其實只是一場白日夢，是我好端端躺在涼亭跟椴樹之間那個凹洞裡做的一個充滿聲音、色彩的惡夢。爲了努力記起所有細節，我陷入了無意識之中，我的身體彷彿擺脫了鉛錘的牽絆飄離地面，像氫汽球一樣飛到雨雲跟積雲之間，再繼續往上飛，飛到臭氧層之後再繼續飛，飛到有星星會殞落不見的外太空。可是我半顆星星都沒看到，因爲季節不對，我雖然沒有看到星星，但看到我腳下小小的地球，半明半暗，孤零零地在那下面，靦腆地在宇宙中踱步。

雖然相隔遙遠，我卻覺得自己聞到了春天雨後草地的味道，看到桃花高高落下，種子在土壤裡迸開，綠芽奮力從地上往空中生長。除此之外，我還看到不遠的草地上，一頭母羊溫柔地舔著她新生寶寶的臉，一直舔到小羊撐起軟綿綿的腿站起來，然後又跌坐下去。

我換到另一個半球那裡，看到落下的不是桃花，而是葉子，有的快有的慢，各自有不同的姿態，一落地就立刻被白花花的暴風雪所掩蓋；我在一片森林的核桃樹裡，似乎看見了盧克雷齊歐的身影，牠睡在地衣跟核桃仁之間，尾巴遮著眼睛，牠雖然在睡覺，但我還是決定要問牠問題，就在我還在想要問牠什麼，是沙粒數量，還是到底有沒有鉛

錘這回事的時候，我背後突然傳出一聲巨響，把我嚇醒了，從遼闊的外太空跌了下來。

我張開眼睛，發現自己重新回到了地面，整個背部牢牢地被吸在地上，過了一會兒之後我還發現，有一架飛機在差不多一分鐘前降落在沙灘的另一邊。

我爬起來往飛機那裡走過去，越靠近，我原先的猜測就越篤定。那不是一般的出租小飛機，也不是救火飛機之類的。是我望穿秋水卻不見人影的考古飛行員亞瑟的飛機。

他也剛從駕駛艙爬出來，看我迎上去，亞瑟立刻認出我來，揮手跟我打招呼，他揮手，我也揮手，我高喊：「哈囉！」他回答說：「看誰來了，園丁先生！」他伸懶腰的時候，問我到那個島上做什麼，難道我改行當熱帶植物管理員了嗎？我跟他說，我現在什麼都不管，在那裡待了一個月是在等有沒有任何一種交通工具可以帶我去我夢想已久的地方，美國，什麼事情都有可能發生的美國。

我說完之後，本來應該換我問他，我本來要問他，他後來第二次去西西里可有收穫，但我還沒來得及開口，他已經又坐回飛機裡面，高聲對我說我運氣實在太好了，因爲他現在要去的就是美國，他做了個催促的手勢，叫我也上飛機。起飛時，我們都沒說話。我坐在後面，他坐在前面，才一下子，飛機就轉向左邊，我看著小島離我越來越遠，就

像不久前在夢裡面看著地球離我越來越遠一樣。小島消失在視線中，我們周圍只有一片平坦無波、閃閃發亮的大海。

我們飛行了一個多小時都沒有交談。至少有上百次，我想開口問他，有沒有找到那個完美的數字，那個唸都唸不完的數字。我很想開口問他，但又怕打擾他，因爲起飛之後，他就打開了他的收音電腦，用那隻伸縮耳朵，搜尋第一句話語的蹤跡。

等了好久，除了幾句釣魚人的咒罵之外，什麼都沒聽到。然後突然在一團鬆軟的白雲裡，我們聽到一堆亂七八糟的雜音，有跑步、跳躍跟摔倒等等的各種腳步聲。

剛開始，我完全沒聽出那是怎麼回事，我還以爲是船隻沈入神話故事中代表世界盡頭的直布羅陀海峽底部的聲音，或者是什麼海中生物在唱歌，說不定是美人魚。這時候，我駕駛艙內響起一個聲音，說的是特技演員的優雅姿態。

亞瑟打開螢幕，海軍上將在船艙破洞差點發生海難前說的那段話，我沒聽到的那段話出現了。

其實我漏掉的，只是一個名詞，一個感情名詞，可以讓你在任何處境下，都能以好奇、專注的態度悠遊於短暫的生命旅程中。他唸的很慢，一個音一個音唸，彷彿有所猶

豫，過了三十秒之後，那個名詞完整地出現在螢幕上，不動，閃著綠色螢光。我跟亞瑟兩個人都笑了，真的開懷大笑。在笑聲中，機鼻穿破雲層。

眼前綿延一片，看起來一望無際的，是大海。

附錄・電動搖椅

（作者在文件資料中找到的本書原始初稿部分段落）

只不過，天下事很難盡如人意。有一天，既沒事先通知也沒經過詢問，外曾叔公從美國來到我們家。伊薩克叔公，他是電動躺椅大王。

到底是不是他擾亂了我原本平靜無波的生活呢，我現在已經有十成把握。如今關在火車廁所裡的我雖然清楚知道，但還是覺得難以置信。那次我躲在涼亭後面睡覺，手疊在肚子上，聽到門鈴聲在空中迴盪的時候，完全沒有料到會有今天。門鈴響的時候沒有，我從凹洞裡面抬起頭，看到深色西裝打扮，頭戴巴拿馬草帽，耳朵奇大的一個矮胖子走進花園的時候，也同樣沒有料到。我看著那個男人出現，踏著蹣跚的腳步，張開雙臂笑嘻嘻地走向我外曾祖母她們。

他們三個進屋之後，我花了兩分鐘的時間思索意外造訪這件事，不是在想伊薩克叔公，而是想他主宰的王國：電動躺椅。

躺椅是什麼，這我很清楚，我們家客廳裡面就有一個，就是可以躺下來的長沙發，軟軟的，在頭、腳兩端有兩塊木頭靠墊，不是讓你像晚上睡覺那樣睡得昏昏沉沉用的，而是白天或下午打個盹恢復精神的那種。

我知道的可清楚了，有幾次下雨跟下雪的時候我試過。不過，至於什麼是電動躺椅，我就搞不太懂了。

我左思右想，快要吃午飯前我大概有個模糊的概念了，我認爲所謂電動躺椅應該是裝有槓桿、按鈕、開關跟儀表板的一種沙發，也就是會走路的沙發，可以讓人一邊睡覺一邊移動之類的，我覺得這個想法還不賴，幻想著這樣的沙發還會有什麼其他用途，我來到飯廳跟外曾祖母她們還有外曾叔公一起吃午飯。

很多事情的開端每每都發生在餐桌上。反正，那頓午飯極其無聊，爲了不要睡著，我只好去數有多少食物殘渣掉在桌上，還根據性質不同加以分類，彷彿那是大洋洲的土著。外曾叔公突然站起來朝我走來，聲如洪鐘地說：「就請這個小夥子陪我到花園走走

消化一下吧！」我還沒來得及表示反對，他的手臂就跟老虎鉗一樣抓住了我的手臂，把我拖到花園去。

事情的後續發展跟結局，或者應該說故事的開頭，則往往都在花園裡完成。事情是這樣的：外曾叔公在花園裡面轉了三、四圈之後，突然間站住不走了，問我說，我長大以後要做什麼，而我既不想回答他這個問題，也從來沒想過這個問題，但又不希望他問我其他事情，就隨口把我第一個想到的告訴他：「化學家。」我也不知道爲什麼會那樣回答。不知道欸，或許是因爲他這麼問我的時候，我正好看見一朵因爲蚜蟲啃噬而奄奄一息的玫瑰花。我這麼說完，外曾叔公揚起他肥墩墩的手臂，顯然是十分高興，開始滔滔不絕說了起來。他自己一頭熱拼命講，完全不讓我有機會說明我只是隨便說說的，他說他還小的時候，差不多就我這個年齡的時候，也想當化學家，想當化學家的原因是因爲那些元素的名字聽起來很好聽，看起來也美，像碲、氨、鉬，所以說他是因爲那些名詞才想當化學家的，可是等他深入了解之後，他發現每一個無限小的分子，看起來雖然並沒有在動，實際上都沿著既定的軌道繞核心在轉，就像地球跟太陽的關係，所以我們每一個人都在轉，有大圈有小圈，這時候原本惑於外在魅力的他更有信心了。他有信心

的是人可以永遠在那些永恆的律動中失落，或找到自我。既然有信心，他便決定這輩子要做的唯一一件事就是探究看不到的分裂組合，研究那些看似沒有但確實存在的，還有我們每一個人的既定的軌道跟電波牢籠，這些東西在年紀還小的他看來，根本就是理所當然。

可想而知，他的長篇大論我都是右耳進左耳出，我對他小時候的豪情壯志一點都不感興趣。我唯一關心的，是什麼時候才可以躺回我那凹洞裡去，躺回去，然後跟以前一樣，在土壤跟樹葉之間，等待黃昏來臨，看萬事萬物的輪廓在均勻的夜幕中漸漸模糊。我感興趣的只有那個，所以我們在花園散步的時候，每一次經過涼亭，或走過椴樹下，我就像發現對面紅磚道有好玩東西的小狗，輕輕拉著外曾叔公往凹洞那裡走去。我雖然拉了，可是動作大概太輕，或太客氣了，我過分謹慎客氣，結果他完全沒有感覺。要不然就是他有感覺，卻誤以爲那些拉扯是我在表示贊同。

所以，我雖然從頭到尾沒有答腔說：「喔？眞有趣……然後呢？」之類的話，儘管我們在花園裡面走來走去我都沒有開過口，我們經過椴樹附近的時候，因爲消化作用臉頰微微泛紅，他又告訴我他沒有當成化學家的原因。他把自己一生的故事，還有他的王

國，電動躺椅王國的故事，從頭到尾說了一遍。

總而言之，他並沒有投入去探究看不到的分裂組合，研究那些看似沒有但確實存在的東西，不是因爲他生性愛吹噓，也不是因爲突然間眼睛被濃霧遮蔽，所以像測風儀那樣風向一改，想法計劃就跟著改。不是。他之所以改變原先的計劃，原因只有一個，是因爲我們既定的軌道跟電波牢籠出現了裂縫，那裂縫是個人命運，也是整個世界的命運，不請自來，無人察覺。

他就是這樣。他父親經營的輪船油漆工廠，在他不到二十歲的時候突然遭逢厄運，在短短時間之內就宣告破產。那多年來忠貞不二，保護船身不被海藻或寄生蟲附著的驅蟲劑，不知道什麼原因，或許是配方錯誤，不然就是效果丕變，總之不但不再發揮保護功能，反而還吸引了更多附著物。第一批聞風而來的是綠藻跟帽貝，之後，消息在海中慢慢傳開，趕來湊熱鬧的還有貽貝、鯽、貓鯊、狼鱸跟金鯛，海魚跟腹足綱都成群結隊而來。數量多到後來連船都因爲水面下船身過重，開始顚簸，進而偏離航線。之所以會偏離航線是因爲，成百上千的魚群先用它們的嘴吸住船身，再搖擺著它們的腹鰭、尾鰭和背鰭，結果就把船帶往了它們要去的地方。

有的船原本要駛向熱帶，卻被帶往南極，要去北極的卻跑到了加勒比海。總而言之，在那幾個月，五湖四海的船隻都彷彿幽靈船上身似的。在純粹出於偶然而非刻意的情況下，有一艘船開進了港口，謎底立刻揭曉，那美味的油漆是所有偏航原因裏唯一的罪魁禍首。

於是，所有還在海上的船隻都被拖上岸，刮去舊漆塗上新漆，而他家也隨即陷入貧困。

不過他不是那種會哭窮的人，也不是會爲了失去曾經擁有的東西而傷心的人，所以油漆工廠關門後還來不及長出雜草，他已經決定遠走他方開拓新局。當然，離開時他就選好了目的地，那就是什麼事都有可能發生的美國。

到了那裡，簡單說，他立刻找到了工作，幫一棟摩天大樓洗窗戶，有差不多兩年的時間他都過著與刷子、海綿、水桶跟鹿皮爲伍的日子。不管白天或黑夜，他身上總是綁著安全索，懸在半空中。

正因爲他不分日夜寒暑都對著玻璃，也就是說都在觀察四周，雖然一開始沒察覺，但後來稍加留神，他就發現了一件奇怪的事。他發現雖然艷陽高照，雖然生活步調緊湊，

可是常常在紅磚道上或在大樓裡面忙碌工作的人，會陷入類似睡眠的狀態。

行李搬運小弟跟上班族會像馬一樣站著睡，或用手肘撐著牆或門框睡；頭抵著打字機鍵盤睡的是打字員；店員比較像魚，在櫥窗後面睜著眼睡；至於馬路上，站在紅綠燈旁邊或在公車站牌那裡搖頭晃腦，下巴抵著胸口睡的是行人。

他居高臨下從他的觀察站看到這奇特的現象，每個人都莫名其妙的染上了這種「就地入睡」的傳染病，明明晚上已經睡過覺了，白天爲什麼還需要睡，其中應該自有道理，於是他開始思索，想了又想，苦思了七百二十個白天加上七百二十一個晚上，還是沒有理出頭緒。就在他睜著從早到晚都沒闔過的眼睛，看著克萊斯勒大樓、帝國大廈跟伍爾沃思大樓尖聳的線條，再一次淹沒在夜色中，苦思第七百二十一個晚上，仍不得其解的時候，他注意到在黑暗中，所有東西都失去了明暗層次，在窗戶反照下，在蒼穹的星光下，幾乎再也分不出彼此。除此之外他還注意到，清晨曙光乍現，太陽弧線還來不及從地平面升起，所有的量體跟形狀就爭相浮現，恢復原有的飽滿，清晰的輪廓。於是他了解了宇宙的生命進程，當然也包括了我們人類生命，不是光與暗兩面的急速變換，而是不同顏色漸進的緩慢變化。

既然如此，既然人生軌道的運行是如此，天體運行、行星運轉產生的也是類似的漸次效果，我們每天都生活在幾不可察的色彩變化裡面，活在灰線跟黑線、米線跟橘線、橘線跟白線彼此穿梭交織的世界裡；如果眞是如此，他心想，那麼像我們這樣的睡眠方式，把時間切開來分成兩段，一睡睡一大段然後一醒醒一大段，豈不是很荒謬的事嗎？

不然，爲什麼會有那麼多人會不自覺地打盹，不斷處在半睡半醒之間，無藥可救的失眠，難道不是我們眞實本質的眞情流露嗎？

苦思了七百二十個白天加上七百二十一個晚上之後，外曾叔公覺得這個問題值得深究，如果找到解答，就算未必有多高興，但至少可以鬆一口氣，不會那麼睏了，到時候想睡多久，反正多的是時間。於是他辭掉工作，離開洗窗平台。他回到地面上，花了好幾個月的時間在圖書館翻看古今著作，找到了支持他論點的證據。

其實所有例子都支持他的論點。除了松鼠跟睡鼠這些有發作性睡眠問題的動物外，所有其他的動物，從老鷹到兩棲動物，都把睡眠時間分成一天十來次。

長頸鹿都在艷陽下，扭著脖子睡個兩三分鐘；深海魚睡了也跟沒睡一樣，眼睛瞪得大大的；烏龜縮在龜殼裡打瞌睡，蠑螈、北螈跟蟾蜍則躲在泥巴裡打盹。鳥則有自動駕

駛裝置，在遷徙的長途旅行中可以邊飛邊睡，而且可以把大腦關掉一半；海豚則是半邊睡半邊不睡；還有牛蛙，是體積最小、也最毛躁的哺乳類動物，會打仗打到一半，就皺起臉在樹皮跟地衣之間打盹。

所以說，原本外曾叔公小小的疑惑跟假設，已經成了定論。他確定的是，唯一違反分段睡眠、頻繁休息這個宇宙自然定律的就只有智者，也就是我們人類。

調查清楚之後，他了解了之前那幾年，在洗窗台上面看到的讓人覺得突兀的行爲，那些半途而廢、屢錯屢犯讓自己無法自拔的行爲，匆匆忙忙三心二意的行爲，跟其他動物不一樣、缺乏和諧的行爲，全都要怪我們醒著的時間太長，睜開眼睛活動的時間太長，還有，把作夢跟放鬆綁在一起硬塞在一個小房間裡。既然他天生就有打破沙鍋問到底、把看似沒有但確實存在的問題找出來的傾向，自然也有解決問題的傾向。他很快就看出問題的核心，那就是，在路上、公園跟辦公室裡，找不到可以睡個小覺的舒服地方，他找到了解決方法，發明電動躺椅。而這個點子的靈感來源，自然是擺在家裡客廳中的舊躺椅，我也在上面睡過午覺的那張躺椅。一切都是從那裡開始的，從原本簡單樸素的形式出發，先加了壁板跟頂蓋，再裝上輪子，最後變成了一個木造的平行六面體。

最早一批成品，是他自己親手組裝的，但他隨即發現那些黑漆漆、陰森森的盒子還不算完美。不夠完美的原因是，顧客一旦躺進去，不受外面的光線跟噪音干擾，很可能會自然而然沉沉睡去，那就跟晚上一睡睡很久沒什麼兩樣了。

爲了不讓這樣的事情發生，爲了避免他的計劃在成功之前就夭折，他在盒子裡面的枕頭跟壁板之間裝了一台小電腦，這台電腦會測量裡面那個人的血壓、體溫、心跳、慢波跟快波的交換情況，就可以精確控制睡眠時間，避免用來恢復精神的淺眠變成沉睡。

所以，一旦明亮的睡眠畫面轉成深層的黑，就會有輕柔的鐘聲把顧客叫醒。如果過了十分鐘，顧客還沒有動靜，躺椅的椅墊就會慢慢開始傾斜，同時躺椅的門會打開，不用多久，在一連串的動作配合下，顧客就會被躺椅掃地出門。

克服了最初的困難之後，也就是說，克服了大家對放置在路邊那些大盒子的不安跟猜疑之後，電動躺椅獲得了空前成功。因爲太受歡迎，我外曾叔公爲了因應來自鐵路局、公司行號、國會、劇場、報社的廣大需求，只好在拉斯維加斯蓋了三間工廠。

就這樣，擁有電動躺椅世界專利的他，在短短十年內就變成了躺椅大王。他變成了大王，而他的事業四十年來始終一帆風順，他的王國也就成了日不落王國。

他那些年過得很快樂，是眞的，他足足快樂了差不多三十九年。差不多三十九年，但是就在剛剛邁入第四十個年頭的時候，也就是幾個月前，他卻開始感到隱隱不安，而且那份不安如影隨形跟著他，沒多久，他居然失眠了。

說到這裡，外曾叔公伊薩克停下了腳步，站在原地，眼睛盯著前方，抓著我的手臂也鬆開了，這是我們在花園散步到現在的第二次，他沉默，不動，雙手心事重重地背在背後，我什麼話都沒有說，但是就在我按摩自己那快麻掉的手臂時，他說那份不安背後眞正的原因只有一個：他很清楚知道自己的生命力跟創造力，正一天天衰退。他站在草地上跟我說，那對一個進入生命季節深秋的人而言是很自然的，但是那樣的感覺卻慢慢變成了擔憂，他擔心的是，在他死後，沒有繼承人可以取代他，他的躺椅王國很快就會崩解，化爲烏有，或者更慘，變成一般的床墊工廠，或棺材工廠。

那是他最後跟我講的話。

當天晚上，外曾叔公在花園另一頭對我稍微揮了一下手之後就走了。他要回美國，回到拉斯維加斯，四十年來爲他所主宰的王國所在地。當別墅的鐵門在他身後關上，我鬆了一口氣，拋開這意外訪客帶來的不愉快，一如往常跑到我的凹洞裡躺下來。我放鬆

躺好之後沒多久，就跟天使，或應該說跟睡鼠一樣，進入愉悅的夢鄉。

謝詞

我第一次跟美這個概念有所接觸是在我五歲的時候。我跟我母親走在威尼斯島上，準備要到綠園城堡去看雙年展，那是義大利最重要的視覺藝術展覽。因爲還要等一會兒船才會來，所以我們在聖馬可廣場上轉了轉。我穿梭在觀光客之間追逐鴿子，突然間目光停在一個賣貝殼禮品的小攤上再也不能移開。有彩色貝殼拼成的聖母像，貝殼黏成的貢多拉小船有成排小燈閃爍，有各式貝殼鑲嵌而成的首飾盒，還有好多其他獨一無二的美麗擺飾讓我嘆爲觀止。我不知道自己目瞪口呆在那裡看了多久，直到我母親凶巴巴叫我動作快的聲音從身後傳來。我很不情願地伸出我的手，趁機跟她說：「媽，你看好漂亮喔！」那力持鎮定的童言童語眞正的意思是：不知道你是不是可以給我買一個。我還

在傷腦筋不知道要選哪一個才好的時候，我母親用力拉扯我的手臂說：「好了，走吧，你沒看到這些東西品味有多低劣!?」

接下來幾天的時間，我們全都待在雙年展會場的各個國家館中，跟藝術家還有藝評共進沒完沒了的午餐和晚餐。而我，說眞的，無聊得半死。其他人看著展覽作品讚嘆連連：「眞美」，「太精采了」，討論不休，我則板著臉從一張椅子換到另一張椅子，腦袋裡念念不忘那些貝殼做的藝術品，還有我母親所做的評價。教我百思不得其解的是什麼叫做「品味低劣」。要說味道不佳的，我只知道一個，那就是營養藥水。那眞是難喝死了，只要喝一小匙一整個早上都想吐。難道那些美麗的東西也有一樣的味道嗎？

那時候我已經知道，世界上有很多事情是說不通和矛盾的，所以最後我告訴自己那件事的邏輯確實如此：那些貝殼擺飾的味道就跟營養藥水一樣難喝。爲我這個假設提出佐證的還有兩者皆有的獨特光澤。湯匙裡的藥水也會閃閃發亮。由此得知，那些貝殼之前一定曾經長時間浸泡在藥水中。

這樣的推理說服了我自己，焦慮的心情也得到安撫，直到有一天我在一家店裡興沖沖選定的衣服得到了相同的評價，於是我對品味低劣的認知再度重新歸零。

接下來幾個月，我比之前更留意大人的談話，發現有品味低劣的房子，品味低劣的人，還有品味低劣的地方、鞋子、盤子、談吐、情境等等，雖然我不是很懂，但我至少曉得品味低劣是支撐整個世界的樑柱之一。更有甚者，在之後的日子裡，我發現自己是個找碴巫師，因爲所有我指給我母親看的東西，都會立刻變得品味低劣。結果，我母親大概對我這項天賦感到憂心，不但繼續帶我看現代藝術展，還不時把名畫複製品擺到我面前說：「你看，是不是很美？」

我們都知道小孩子總是會努力討好大人，而我自然也不例外，開始練習說謊的藝術。「很美」，有一天我看著面前蒙德里安的作品終於成功地帶著感情這麼說：「很美」，我在黑麻麻的畫布、凹洞，還有螢光同心圓前面不斷複誦，「很美」，我在所有可能是藝術品或類似的東西前面複誦了好多年。反正我很清楚品味低劣是美麗的死對頭，就像黑夜跟白晝王不見王一樣，爲了避免犯錯，只要我用美麗這個形容詞來形容所有我不感興趣或我不喜歡的東西就對了。不用說，在我心裡，在我的無言中，我依然傾心、醉心於所有那些品味低劣的東西。

有這麼不愉快的經驗，我小時候當然從來沒想過長大後要當藝術家。在那個時候，

當我的手指彷彿魔棒，凡被我指到的東西都難逃品味低劣命運的時候，我沉迷於自然科學，一心認爲自己長大後要從事生物學家、動物學家之類的工作。對我而言，結晶跟礦石都好美，簡直美極了，還有狐狸的臉跟牠彷彿大頭針針頭的黑溜溜的眼睛也好美；蝴蝶美，變成蝴蝶之前的毛毛蟲也美；蜘蛛、老鼠、螞蟻無一不美；陽光下睡著的蜥蜴、秋天的葉、春天的新芽也是美。總而言之，對我而言，所有那些非人力操控的萬事萬物都美。何來之美？因爲會讓我感動。那不是一種知性的感動，而是無法預料、突如其來，會在我胸口爆開的小小的喜悅，然後拓展到全身。

人生不美，也不醜，是獨特，後來我沒有變成生物學家，卻出乎自己意料之外的變成了作家，儘管我跟視覺藝術的關係並沒有因此而改變，不過倒讓我明白了爲什麼狐狸臉會比蒙德里安的作品更讓我感動，而且至今感動依舊。

我除了喜歡品味不佳的東西外，我小時候還深深爲自然科學所吸引。差不多八歲的時候我看了一本書，才知道地球並不是一開始就存在的，而是在很久很久以前，由太空中漂浮的大量灰塵、岩屑形成的。除此之外，我還知道生命並非一直如此，而是經過了許多驚心動魄的變革而來的。以前有菊石，有三葉蟲，海洋曾經四處氾濫，退去，結冰，

消融，再次結冰，以前有恐龍，後來可能因爲殞星的關係而絕種，取而代之的是狐猴，數百年後這些狐猴變成了人類，慢慢學會了言語。想到我們肩負著這麼一個偉大而複雜的故事，而這個故事的開始卻是個謎，讓我分外覺得自己渺小，還有驚奇。爲所有當時存在的一切感到驚奇，也爲它們如此頑強的生命力感到驚奇。

不過，這早熟的不安全感並沒有像一般以爲的讓我自外於這個世界，反而讓我更積極、奮不顧身地投入其中。所有這些故事的歷史，也就是創世紀，從我發現那天起就爲之深深著迷，這些潛力無窮的生命形式就是我認知的美。

綜觀數百年來的演變，我認爲，事遠比人有趣太多了。人類不只無趣，也是最惹人嫌的醜八怪。優雅，在我看來是最根本的觀念，是一切美之根源。創造物與宇宙的奧妙定律和平共處，而優雅就是上天給予創造物的禮物。奔跑的狐狸不自覺自己的存在：但牠在，牠的生命力更是不容懷疑。牠奔跑的時候是那麼美，姿態優雅。所以狐狸給我的感動往往甚於一幅畫。一幅畫，出自人類之手的作品要讓我感動，要有同一個謎的自在揮灑，同樣的協調和不自覺。人類之所以醜陋正是因爲擁有過度膨脹的自我意識。這份自我意識是身處優雅中的小孩、動物所沒有的。人類，其實應該後退一大步，從自覺退

回到不自覺，應該要融入奧妙難解的謎中，應該要覺得自己渺小，應該要崇仰這生生不息的生命奇蹟。

所以對我而言，美，是沒有自我意識，是不斷運轉的自然形式的和諧一致。因此我喜愛的藝術家，正是那些少數能夠在作品中同時反映出神秘與驚艷感覺的。崇仰渺小。

蘇珊娜・塔瑪洛

國際研討會《談美》演講，一九九二年，加拿大

跋

八〇年代中期，除了先前幾年零星的新人作家出現外，另外有一批新生代作家活躍於文壇，改變了文壇氣象。這批新生代作家越來越多樣，人數也越來越多。說他們新，不光指年齡，還有他們觀看世界及生命的觀點也跟以往不同，而且是大不相同。他們喚起大家注意到一些特別的問題，陌生或遭漠視的需求，還有在長久等待後想重新開始的集體意願。

恐怖主義事件加上革命烏托邦幻滅，長久以來對資產階級的仇恨突然畫下休止符，文化危機消耗掉最後一點資源，眼見現代性偉大神話消解於無形卻無能爲力。

所以我想到要開闢一個新的叢書系列，有系統地推出新作家，而這個系列就叫做〈第

一時間〉，「因爲要從頭開始，要帶著參加探險之旅的心情，探尋浩劫後倖存的世界，那世界雖然傷痕纍纍，但活著。」我們希望在這個系列中「寫故事，說故事」的是「新生代作家，有不一樣的經驗，對七〇年代的記憶空白，沒有鄉愁，完完全全屬於此時此刻」。

此舉是因爲我們確知二十世紀的傳統中斷了，而存在上的差異，相較於文化差異，要更能透過新的故事來見證重建秩序那必須卻又艱辛的大工程。經過了大地震，總而言之，經過浩劫之後，重建的時候到了。

新，往往仿古，實則完全不同，面對典型二十世紀留下來的遺產——宣言、美學、團體——新生代作家不知拿來何用，心裡懊惱懷疑，質疑意識型態計劃，質疑偉大的藍圖。爲了重新開始說故事，他們選擇從單純、高尚的道德訴求開始，充滿活力，充滿熱情，把空間留給每一個個人去經歷，每一個故事都不同，彷彿探險家在不知名陸地走過的路徑。

尤其是那些三十多歲的作家，他們五〇年代中葉出生，冷戰已經結束，對六八年的波濤洶湧也未逢其時；這些年輕的男男女女散居義大利半島，彼此生疏或互不認識，當然在〈第一時間〉之外，很快又有其他類似的活動興起，例如皮耶・維多里奧・童德利

(Pier Vittorio Tondelli)❶主編的〈Under 25〉文選，也是同類中最好的。我們發現這些新生代作家，尤其比較早熟的，還有其他共同點，他們的第一本書都是在八〇年代初期出版的。

把那些十年前或十五年前的作品拿出來看，在這個緩緩結束的世紀末重新一一翻閱這些作家所寫的故事，我們當然會有驚歎，或覺得眼花撩亂，天馬行空，稚嫩生澀，但是不可否認的是，其中不乏眞正的作家已經長途跋涉，超越了只是想把個人體驗公諸於世的基本需求，而是在尋找能看得更遠的光。

當時我覺得，跟所有認爲文學可以自給自足的想法劃清界線無傷大雅，拿依附現實的「極簡」的謙遜與之抗衡亦已足夠；今天我發覺那種堅持原始美感、緊抓二十世紀優美文學理念不放的做法，無非是給自己披上一褸薄衫以閃避外界不以爲然的目光，是因

❶義大利作家，一九五五年出生於東岸 Reggio Emilio 省，一九八〇年以《其他浪子》(*Altri libertini*) 問世，普受好評；一九八六年爲 Transeuropa 出版社主編文集〈Under 25〉，爲義大利文壇留下深刻的歷史記錄。一九九一年死於愛滋病。

爲害羞，因爲靦腆；就跟已經覺悟的極簡主義一樣，它外表的謙遜再也壓抑不住追求事實、需要安全感的內心迫切，任何書寫都透露出這樣的渴望，不再閃躲。我這才了解很多人面對我明確的要求有多麼不自在，因爲與讓他們血脈賁張的野心相比，我的要求是一種退縮。

小說始終是世界的隱喻，它建構世界，是支撐建構的藍圖，它尋找堅實的地基，可信的指標，光靠嘲弄的話語、道德跟形而上是不夠的；在九〇年代這幾年間，讓不同的價值有新的可述說性要比新文學更重要，這同時也成爲用以評估作品效力跟敍事創意耐力的共同標準。

最典型的例子就是蘇珊娜・塔瑪洛。只要稍加用心，不難發現從她第一本小說一直到截至目前爲止最新的作品，始終力行不墜、表裡如一的努力，那就是在不帶任何成見追求創新的同時，又堅守著明確且辨識度極高的中心意旨。

我們知道塔瑪洛在十年前三月出版《飛過星空的聲音》之前，寫了四部小說，吃了幾乎所有出版社的閉門羹——她自己跟納塔莉亞・阿思培斯（Natalia Aspesi）[2]說的。這

些作品沒有人看過，只知道第一部小說的書名是奧匈邊界的一個奧地利小鎮，叫《伊米茲》，在《巴塔納》上刊載過幾頁，那是克羅埃齊亞自南斯拉夫獨立出來之前義大利人辦的雜誌，值得注意的是，在那份「史前」文件中就已經看出作者的夢想，「希望或許就是，拋開軀殼，彷彿汽球，一個人飛向天空」。

《伊米茲》的主角之所以離開，是因爲受到「深層痛苦」的折磨，覺得自己「在這喧囂的世界中什麼都不是」，而且「整個世界都失去了意義和方向，就像雪崩來勢洶洶，在山谷中轟隆隆奔來，把我捲走，一起迎向毀滅」。

那是一份面對存在，深沉且深刻的不安。「沒有明確定義要如何活下去」，這正是塔瑪洛創作世界開宗明義的中心主旨，也是讓她筆下人物拋開束縛，選擇遠走的動機。

「離開」，《伊米茲》一書的主角吉利如是說：「我總覺得是敵視的表現」，也就是說流浪，等於是她個人對世界宣戰，也是向該死的孤獨宣戰，還有向已經不再的家庭宣戰，不管對象是「成年的哥哥，或老邁的雙親」，即使家庭重新出現，也只是爲了讓事情更複

❷專欄作家，議題包括文學、電影、社會等等。

雜，讓人生更痛苦。亦或者，她說，「不知叛逆爲何物」，她並沒有想要改變世界，只是想要自外於此，想要「架空這個世界」，想要「半人半影」地活著。

塔瑪洛的作品在義大利流浪了好久，一手傳一手，經手的有朋友、文人、出版社顧問，久而久之她的這些作品也變得半眞實半虛幻。一九八七年三月的最後一天，《飛過星空的聲音》到了我的桌上，當時用的是另一個書名《電動搖椅》，後來我才知道這部作品已經有數不清的名人雅士看過，表示讚賞，給予高度評價，可是作者因爲遲遲等不到正面答覆，已經決定放棄，聽天由命。

寄這部作品給我的人是眼光獨到的一個特里也斯特記者卡布麗耶拉・布魯希克，是我大學同事艾爾維歐・卦尼尼的太太，她還寫了一封情文並茂的推荐信，信中對她那位「十分文靜，不太懂得自我保護」的朋友的愛護擔憂之情溢於言表。他們倆個人後來也是塔瑪洛這本啼聲初試的作品的熱情支持者，更是最佳代言人。不過那個春天，故事還沒有眞正開始呢。不記得隔了多久我才決定看稿，確定的是我第一次見到作者本人已經是秋天的事了。

其實，塔瑪洛的原稿還在我桌上耐著性子等待的時候，我還陸續聽到其他人的說法，

其中我找到了一封信是那年九月四日寫的，來信的是法蘭契斯科．布爾丁，才華洋溢，可惜未受重視的一位特里也斯特作家，他信中寫道：「這部長篇小說（應該是第三部）的作者還未發表過作品，但她很眞，不虛僞，與眾不同，遲早會受到矚目。還有可以加分的，今天也頗爲重要的，那就是她的外貌，是位清秀佳人……。這個蘇珊娜，在我看來，絕對是『有備而來』。」

果然一見鍾情：我的第一印象是有才華，有絕佳的說故事能力，對文學的熱情簡直氾濫、誇張，到了不可收拾的地步。

這部小說字裡行間充滿感情，巧思泉湧，卻又在描述一個不愉快的痛苦經驗中，毫不掩飾地不斷向人之所有大哉問挑戰，向命運之謎，以及抉擇上遇到的難題挑戰。我打電話給作者，約她到羅馬見面。

她有一對招風耳，大大的嘴巴，圓圓的近視眼鏡鏡片後面是一雙明亮的藍眼睛。一頭短髮讓她看起來像個小男生，馬桶蓋的短髮時而金黃時而泛紅，你會誤以爲她還有滿臉雀斑，看起來只有實際年齡的一半大。很害羞，卻也直接了當，很犀利，甚至刻意彰顯屬於長不大的小孩的調皮、脆弱、失禮。

費里尼很喜歡她九一年的《只有聲音》，興奮地說：「出現在我面前的是騎著摩托車來的皮・迪・卡洛塔，微笑的魯齊牛洛，重獲自由的潔索蜜娜❸，魅力十足的她讓我高興到感動，而我卻一點也不覺得不好意思……。這個三十四歲的女子看起來像個十二歲的孩子」。然後費里尼開始打電話要保護她，保護她免於遭受醜惡世界的欺凌，不讓她孤軍奮戰。

其實塔瑪洛也很嚴厲，很頑固，死腦筋，甚至殘忍，尤其是對她自己，還有對她筆下的人物，以及所有那些不講理、想要做壞事的人，因為她知道自己要做什麼，要說什麼。

塔瑪洛很辛苦才找到自己的路，確認自己的「志業」，回想自己走過彷彿酷刑的漫漫長路，歷經了童年、青少年還有幾乎所有的青春時光那經年累月的苦難，然後才成熟。

❸這三個人名都是費里尼電影中的角色，純眞無邪，對外人毫無戒心，卻時時遭到他人壓榨欺凌。其中最為人知的是電影《大路》中跟著賣藝人走江湖的潔索蜜娜，由費里尼的妻子茱麗葉達所飾演。

塔瑪洛出生在義大利邊界的土地上，來自中歐、遵守優良傳統的中產猶太家庭。原名艾托雷・史密茲的伊塔羅・史維渥❹，是塔瑪洛姑婆的先生，也就是她媽媽的姑丈。塔瑪洛距離二十世紀初的工業蓬勃發展時期已遠，卻蒙受其害，生活在二十世紀末感情混亂、人際關係飄忽不定的社會裡。

面對這個喧囂的世界，塔瑪洛選擇走避，卻又難免心有所繫，只是逃走的欲望越來越強，所以與現代化規範相對抗的情緒是她未來創作的中心題旨，急於追求其他更堅固、持久的價值觀，一直是支持她尋找光源的底層力量。

只不過在我手中的這部作品還是不盡理想，需要做些調整。

❹伊塔羅・史維渥（Italo Svevo，一八六一—一九二八）原名艾托雷・史密茲（Ettore Schmitz），生於十九世紀末、仍屬奧匈帝國的特里也斯特。猶太家庭，父親德國人，母親義大利人。史維渥主要經商，文學創作純屬業餘；就讀德語學校，但選擇以義大利文創作；雖出身布爾喬亞家庭，卻不認同其價值觀。著作《季諾的告白》（先覺出版社）因喬伊斯引薦，受到法、英評論界的重視，在義大利直到六〇年代才廣爲讀者所認識。史維渥投入文學創作不具野心，寫作只是他個人對存在本質的矛盾及尋求自我平衡所做的分析與研究。

最主要我認爲書中主角視自由爲標的這個部分似乎比重過重，而這本書的重點應該不是最後的目標，而是那紅髮男孩冒險犯難的逃亡過程，還有他對自己成長環境的抗拒，以及他所遭遇的種種困難。

至於他最後究竟到了哪裡，我覺得並不重要，男孩希望製造販賣自己發明的電動躺椅，好讓所有想要逃離瘋狂世界的人都能得到幸福的夢想，反而有絆手絆腳、尾大不掉之嫌。

原來的版本中鉅細靡遺地描述了躺椅複雜的科技機械結構、功能，以及使用後的好處：用以作爲人間樂園的隱喻似乎不足，要說是純屬天馬行空的詼諧又嫌太重。

至少當時我是那麼認爲的。

塔瑪洛若有所思地聽著，沒有拒絕我的建議，只說需要時間說服自己，那些改變對她關心的議題不會有所影響。之後她決定修改，而且做了正確的選擇，完全自己動手：刪減，有的地方甚至全部重寫，最後連書名都改了。躺椅不見了，《飛過星空的聲音》出現了。

同一時間，這部小說以原先的版本參加了卡爾維諾文學獎❹，在眾多作品中入圍進

入決賽，我們都希望能獲得青睞，但最後還是落選了。無論如何，那時候一切已成定局，準備在八九年年初出書。

第一版出書的時候，封面折頁是這麼寫的：「一頭紅髮滿臉雀斑，名叫盧本的小男孩是蘇珊娜·塔瑪洛這部幻想小說的主角，一心想要逃離成長的命運，再也沒有比長大更叫人覺得毛骨悚然的事了。面對步步逼近的時間，以及荒謬的成長定律，他唯一能做的就是撒腿就跑，上氣不接下氣拼了命地跑。

「故事固然熟悉，但其戲劇性在於：我們能跟時間賽跑嗎？或許只有在夢裡。不過在青少年的夢幻世界裡一切都有可能，只要魔法不滅。

「男孩一開始企圖以逃避爲掩護：躺在小時候玩耍的花園草地上動也不動，努力屏住呼吸以求與大自然的寂靜合而爲一，若有任何動作也儘量輕、儘量小心，彷彿輕展翅

❹義大利作家卡爾維諾逝世後成立的卡爾維諾基金會，每年皆舉辦卡爾維諾文學獎，希望發掘文壇新人，這獎項不同於義大利其他文學獎，只接受新人報名參賽。

膀掠過天空的小鳥，如無回答的必要，絕對不開口說話。他以爲自己成功了，沒有人注意到他。

「結果不然，粗暴凶狠的家庭老師奧斯卡闖進來擾亂了他平靜的生活：無止盡的折磨，每天都有不同的刑罰推陳出新，而且越來越陰險、不近情理，直到有一天他拋擲出去的標槍射中了獵物，對方再也不能傷害他了。從那時候開始，盧本展開了漫無目標的逃亡，夢想著能前往美國，那裡什麼事都有可能，甚至永遠都不用長大。

「然而天眞無邪的盧本闖入的世界卻到處都是壞人，就像拇指公主遇到的森林，還有小木偶走過的村鎮，盧本既靈巧又笨拙，叛逆中不失溫馴，精力旺盛卻又懶惰。他不斷借助外力逃離命運，但越逃，遇到的麻煩也就越多。他淪落到去服侍怪裡怪氣的壞人，被迫做一些他自己都搞不清楚是什麼的事：不管是精明或聽話的小孩，在這個世界上總是沒有好結局。

「蘇珊娜・塔瑪洛以嘲諷描述小男孩盧本奇特的冒險故事，讓看似平凡的情節中充滿了意想不到的弔詭氣氛，叫人驚艷的超現實人物，青少年走完命運之路，變成大人的他將自己刪去。

「《飛過星空的聲音》是叫人心碎且殘忍的一則寓言，所有年輕的夢在那裡煙消雲散，對自由的嚮往消逝不見，卻可以見到向命運挑戰的不服輸的快樂，開朗同時心酸，不動搖，而且奇蹟般的完好無缺，燦爛耀眼，因爲那樣的感覺，所以幸福是可期待的。」

塔瑪洛的冒險之旅是從那裡開始的，她字裡行間的明察洞見充滿魅力，她遠離世界，選擇待在邊緣以便拋開成規，拋開約定俗成的認知，從旁觀察錯誤與矛盾，堅持捍衛情感與價值，期待重燃看見不同結局的希望。

重要的是找出另外一條路，讓人能遠離那汲汲營營追求荒謬空想中表面華美的庸碌世界，讓人能在心靈深處的秘密之間發掘自己在充實人生中的人性財富，因爲唯有如此才能認出重獲自信的人生意義。

塔瑪洛之後的作品都是爲了走向《精神世界》，那也是她最新小說的書名。每一部都是必須且必要的。

看塔瑪洛受到大眾普遍的肯定，沒有人有異議，似乎可以說她已經達成了她的目標；其實不然，這趟旅程並沒有明確的目標，勝利的背後也沒有自滿的平靜，生命之輪不停

運轉，沒有終點，其奧秘日復一日再生，爲了不再迷路不再偏航，必須遵循原有的航向。

蘇珊娜·塔瑪洛忠於自己，她真的把《電動搖椅》還有近在咫尺的自由夢想給忘了，她不再因爲怕被捲入大家對現代化的沉迷而逃跑，她停在邊緣，神情肅穆地看著這個世界的混亂，然後超越混亂，發掘人類的抵抗力。

塔瑪洛面對傷痛不會因憐憫而感動，她分擔那苦，並在苦痛之外尋找生命情感的根，那種情感可以被傷害，但不會被連根拔除。

《飛過星空的聲音》之後散見各雜誌或選集的少數短篇，是這次冒險故事的後續插曲，也清楚預告了《只有聲音》那個傷痛的世界，這兩本截然不同的作品之間沒有延續性的問題，而是觀點的徹底改變。

《飛過星空的聲音》是透過小男孩盧本純眞、難以置信的眼睛在看世界，準備好要在每一次冒險中累積經驗並體驗人生的多姿；在《只有聲音》裡，經驗已經累積，無法抹去的是傷痛，還有令人不解的折磨。《只有聲音》最後一篇同名短篇中，說故事的是一位老太太，看過大風大浪，對僅剩的未來歲月沒有期待，應該是刻意的安排吧。

而那裡，不管是起點還是終點，命運宣告完成，終於確認「靈魂是存在的」，有某樣

東西可以超越時間的不穩定,也超越「偶然」的不確定性。《依隨你心》書中的老奶奶說,「偶然」這個字在希伯來文中根本不存在。

蘇珊娜・塔瑪洛用來觀看世界的望遠鏡終於把焦距集中在基本問題上:問題始終如一,就是盧本問松鼠魯克雷吉歐的問題,而塔瑪洛一本接一本書所探討的,越來越清晰、明確的就是答案。

如果要問創作是見證還是預言,塔瑪洛毫無疑問地選擇了後者,她對週遭事物的興趣在於隱而不見,而非彰顯的部分。她在九二年的一篇短篇〈折斷的虹〉中所說:「慢慢的,而且傷痕纍纍的,我懂了……要更留意從別人的角度看事情」,應該是有感而發。

她成功的「秘訣」就在這裡。

齊薩雷・德・米開利斯

國家圖書館出版品預行編目資料

飛過星空的聲音／蘇珊娜.塔瑪洛
(Susanna Tamaro) 作；倪安宇譯.-- 初版--
臺北市：大塊文化，2004 [民 93]
面：　公分.--(To : 26)
譯自：La testa fra le nuvole
ISBN 986-7600-41-X (平裝)

877.57　　　　93004347

LOCUS

LOCUS

LOCUS

L O C U S

LOCUS

LOCUS